夜奔

黃鴻璽 著

推薦序一　人生大度　徐　紀　7
推薦序二　鴻壐夜奔　林懷民　13
自序　蹲低一點　25

店裡

魚堅強　34
溫家寶　37
歐巴馬　46
蓋瑞特先生　61
煙台蘇蘇　69
平谷陳辛未　75
孤獨城堡　90
夜奔李俠　96
行腳醫生　112

秋天的臭雞蛋 126
一號阿姨 129
燒煤的李師傅 132

店外

芝麻涼皮 138
俄羅斯短刀術 141
Daria FM 斐懋資麈 145
冠縣李冉 153
黑道頭子 170
金鋼狼張則浩 180
寧宇 194
陪我洗碗的人權律師 200
你們 203

城內

夜奔泥匠 214
史凱先生 224
神仙姊姊文那 238
百米粒 250
聯合國深夜食堂 260
王磊咖啡 268
城東寡婦 274
啤酒羊肉串 278

後記　復盤推演 281

推薦序一

人生大度。

徐紀
止戈武塾創辦人

認識鴻璽，純屬偶然。

那一年，雲門舞集的舞蹈教室，決定在她專門教導兒童的律動課程之外，加開少年武術的全新門類！

當然，準備的工作，非只一端；而最不容易的，實屬招募以及培訓合格的武術教練。

消息，以各種方式，廣泛地放送出去。其中，當然也有放在電腦上頭的一種管道。

是巧？還是不巧？竟然被早已決定就在招募考試的當天離台赴港的鴻璽，一眼望見！

於是，鴻璽取消了香港之行，現身考場。

要知道的是：他捨棄的，是家庭的事業。而，他所勇於投向的，是他自己的人生。

修長的身材，謙和的面貌，徐緩的談吐，和他已屬合格的武功，當然，錄取！

以後的年月，武課新開，舞蹈教室是兢兢業業，而鴻璽則勤勤懇懇。其表現在教學上的，不但合格適任，而且極受班上學生之喜愛，以及教室外頭看課家長一致的歡迎！其所呈現的，是在武術功力與教學能力之外，處世待人方面的實力，超群出眾……

當年，林懷民全捐出了他所榮獲的國家藝文之獎金，創設了「流浪者計畫」。以負擔全額旅費之方式，鼓勵從事於藝文工作的年輕人，出國遊藝，行萬里路。

當時，不但學習藝文的青年們為之振奮！就是社會上的輿論，也無不為之歎服、心暖……

而，我們意外驚嘆的則是：鴻璽竟以回訪神州，探尋武術的工作計畫，獲得了第六屆「流浪者」的入選！他，要上大陸尋訪北派武術去矣！

他，選擇了頗不容易的冬之旅。在嚴寒的氣候中，天不怕地不怕地上路。

而，一到北京，就傷風病倒在旅館裡了！

這結果合情合理，全不意外。意外的是，他竟然因為病弱，而結識了他後來的終身伴侶！家庭，事業，與人生上的最佳良伴！

人生，真是難料！而處人，是多麼地緊要呵……

鴻璽在遍踏諸地，超出他原來計畫的「流浪」之行程後，滿載而歸！

幾次，在雲門的集會上，他將此行的收獲，以文字短篇，以口頭報告，與與會的同事作分享。讓大家夥兒對資訊罕少的武術，喜聞樂見，眼界大開！

鴻璽待人接物的特長，不但表現在他的課堂內外，就連雲門的同事、員工，也無不願與交往，喜樂一片！

不料，完全出人意表，有似驚天動地的消息傳來：

鴻璽他，辭職了！

原因？是他要奔向他人生的下一個旅程……

鴻璽又回到了北京，人地生疏……

他經過了繁複的法規、制度；遍歷了人情人性的複雜、陰沉，與詭計多端，仍然以他一向與人為善的誠懇，好不容易地，實現了他的志願，開創了一所青年旅館，名喚——夜奔。

想當年，大陸上類似的旅館並不少，而北京當然甚多。鴻璽乃是新手，竟然能業務良好，盛況驚人，在世界性的同業網路上，甚至於拿下過冠軍！

不奇怪嗎？是有原因的；一內，一外：

在對外的宣傳推廣上，他不走商業的路線，而強調的是文化。而文化的實際施為則是：武術！

夜奔的全體員工，一律練武。帶動任何投宿的各國人種、各類人生的住客們，一同練武！

文化，不再是高掛的招牌，而乃是親身投入，體會實踐了！這一股吸引力，就不再是圖文的宣導，而是在切身的親近與要求中，領悟到真實的內涵與特質……

至於說那所謂在內的努力呢？則是鴻璽本其自身的情性，對待員工的用心。而心，是互動的，一動必有一應。

比如他體貼年輕人的「打工換宿」之計畫，吸引了多少有心有情的青年心魂之回應。甭忘了，「打工換宿」不收房錢之外，更有必須參加，不收學費的武術課程之規定！不數年間，夜奔已經邁向了山西省風光宏偉的大同，及以古建築馳名的平遙。從此，便有了夜奔大同、夜奔平遙，與夜奔北京三雄並立！引導的絕不只是觀光旅遊，更深沉的是武術，中外不同；以及文化根柢的中西區別之體驗哪！

事一多，人就雜。何況創業開拓，又手無巨資呢！

在人生本如萬花筒的繁複多變中，鴻璽大度恢宏地，呈現出了一湖明鏡：當然照見萬物，鉅細靡遺。然而，他是只見其善、其長、其過人之處。而從不同人家計較其小惡小壞的小地方的！

現而今，他將這若干年中，親身經歷，萬般困難的合作夥伴們之容貌與情懷，專著成書，與世同觀，事如親歷。

請試一思：鴻璽書中，之所要同人分享的，那會是哪些事件、人物，與困難的工作呢？

讀鴻璽此書，在文字與人事上的繽紛滿目之外，請勿疏忽了他想提示的：其實是為人、處人、待人，與容人的人生之大度呵……

二〇二四　龍年春節

徐紀

序於雲門舞集舞蹈教室

推薦序二

鴻璽夜奔。

林懷民
雲門舞集創辦人

Tue, 12 Apr. 2016 10:53:36 +0800

林老師：

我是鴻璽，第六屆雲門流浪者。

五年前，成立夜奔北京，在北京混生活。

今年年初，我們把原本的四合院全部重新裝修。房間擴大，也升級了很多空間。

其中，好多房間會由雲門流浪者們共同裝置。

簡單的說，我想邀請林老師今年夏天到北京時來體驗一次，如果沒有當年林老師一腳把我踢出去流浪，就不會有夜奔北京。

我也了解老師的行程緊湊度，所以我想先問問看。

老師如果能來入住（也非常歡迎舞者們一起來），我會把同一時期的其他房型都關起來，也就是不會有其他旅客。這樣能保證老師與大家都安靜休息。

如果有任何想法，也請直接聯絡我。

謝謝。

夜奔北京四合院客栈

Fly by Knight Courtyard

黃鴻璽　Daniel Huang

北京市东城区灯草胡同 6 号（靠近地铁东四站，东四南大街旁）

讀到電郵跑出的第一句話，我笑了。

鴻璽自我介紹？第一次看到這名字，我就記得了。

我的「懷」字，學字時讓我吃盡苦頭。作業簿的格子根本容不下，怎麼寫都要破格而出，母親用橡皮擦一遍遍擦掉，讓我重寫。「懷」字如此，「鴻璽」情何以堪。不知他有沒有和我一樣，怨過父母給了這筆畫繁重的名字。

要很硬的八字才頂得起這名字吧。「鴻」是超大型的雁。「璽」是帝王的大印。

據說蔣中正倉惶來台後，一夜在軍艦甲板散步，感覺到身後有人，喝問：「是誰？」背後傳來「玉璽在！」的答話。

失去大陸江山，玉璽仍在。據說蔣先生大感安慰，從此黎玉璽，步步高升，官至海軍總司令，參謀總長。

鴻璽還有一個英文名字：丹尼爾／Daniel。

「小學畢業典禮那天，」他自己說：「父母突然告訴我，下個月就要搬家去加拿大。」長大後，才知父母是受《一九九五閏八月：中共武力犯台世紀大預言》這本書的影響，才舉家移民。

初去乍到，小留學生黃鴻璽很難融入白種人的社團，只好加入冷門的武術社，卻因此找到終身的志趣。

美國賓州大學畢業後，他到香港一家美商公司上班。去香港，理由是他加拿大武術課老師的父親在香港授課。白天上班，晚上跑到黃大仙練拳，成為他香港生活的重心。

大學時代，鴻璽讀了不少徐紀先生的武學著作，備受啟發，衷心崇拜。徐紀老師十六歲追隨韓慶堂先生長拳啟蒙，二十三歲成為武學大師劉雲樵先生來台後出山授徒的開門弟子，後來客居美國，成為武術界備受尊崇的名師。知道徐老師已回台灣長住，鴻璽返台探親時，登門求教。剛好雲門舞蹈教室招聘武術老師，徐老師鼓勵他去報名。

那年，一百多人報考，主持雲門「少年武術」課程的徐紀老師只選出七個。鴻璽成為這七位儲備師資之一，不顧家人反對，辭掉香港安穩的工作，開始接受嚴格的培訓。

徐紀老師痛恨花裡胡哨，表演性質的「武術」，不教招數繁複的套路，堅持「內運外動」，意念先行，才有動作的運轉。他更強調「修身」，要求學生養成自我修持的能力。武功無法速成，持之以恆，透過武術的修習，孩子也可以變得像大山一樣，沉穩面對人生的慌張與不安。

遇到徐紀老師，鴻璽打掉重練，規規矩矩的從站樁，踢腿，一步步嚴謹學習，努力洗去身體和頭腦裡的「美國味」，也按捺年輕的衝動，努力在教室裡，照徐老師訂下的規矩，開發孩子的身心潛能，誘導他們凝神聚氣，行正走穩。徐老師逐漸把課程設計的任務交給他，同時跟他縝密討論，耐心修正他交出來的教材——以及中文。

二〇〇九年，高頭大馬的黃鴻璽出現在雲門流浪者計畫的口試。

他想以北京為中心點，去河北、山東、河南、山西，探索北派武術的緣起。流浪者計畫要求獲獎人單獨貧窮旅行兩個月。鴻璽去了將近四個月，回來卻辭掉雲門教室的工作。

多年後，他告訴我，跟隨徐老師學習，時有長進，看著少年學員流汗專注，認真練功，又能教學相長，那是他最幸福的六年。然而，他意識到自己好像陷在舒適圈裡，二十九歲了，一輩子就這樣過下去？

隔年，他賣掉剛還開始還房貸的套房，帶著三百萬，奔向北京。流浪大陸的日子，他餐風宿露，尋找北派武術耆老與傳人。過去，武術保存在鏢局裡，他說，如今鏢局不再，武術仍在——在「尋常人」的身上，他們可能是教師、公務員，也可能是工人。

他跟這些應該是「人間文化財」的武學前輩請教切磋。談得高興，他們也會指點他再去找其他的人。像林沖夜奔似的一城復一村，林沖逃難，他逐夢，經常落腳在便宜的民宿，住著住著，他總看到許多可以改善的地方。

多年來，四合院是他的夢想。他決定去北京，找一個四合院，開自己的客棧，北京人來人去，也許外地的武術中人可以落腳，鴻璽這麼想。

我輾轉聽到這消息，心中感佩，也為他捏一把汗。遠方異地，單槍匹馬，這江湖客棧的浪漫夢會不會過了頭？

他在東城王府井附近租到一個四合院。用了將近半年的時間燒錢等候，才把旅館執造拿到手。沒想到裝修開張，第一個月就入住九成。

鴻璽開了「夜奔北京」的消息在雲門夥伴和流浪者中傳開，也有人去住宿過。回來後，把鴻璽的客棧說得像天方夜譚。

他們說這個四合院像聯合國，顧客來自大陸各地，還有各國的背包客。工作人員大多是打工換宿的旅客，我以為都是年輕人，不是，有大娘，也有壯漢。有的說要走要走要走卻又留下來，成為忠誠的家人。最稀奇的是全部員工和住宿的客人每天下午三點集體練功。

後來，有些胡同裡的大人小孩也在晚上跑來練功。然後又發展到大家一起寫毛筆字。好像他在辦全年無休的文化體驗營。我始終想不通，那些各色人種的西方青年迢迢萬里跑到北京，就蹲在四合院裡過日子？

鴻璽說，雲門教室培訓時，找來蔣勳講美學，張照堂講攝影，跌打專家講骨格，還邀請嚴長壽講旅館服務業。這些，對他經營「夜奔」大有幫助。

「夜奔北京」是第一家在 Airbnb 註冊的北京旅館。開幕第一年，背包客訂房網 hostelworld.com 給它全中國最高的九點七分。媒體爭相報導武術客棧，預約訂到三年後，婉謝採訪倒成了例行的苦難。

有了北京經驗，鴻璽勇往直前，擴展出「夜奔大同」、「夜奔平遙」。

2016 年 4 月 12 日 週二下午 3:49

鴻璽：

謝謝邀請。有一天我一定去。目前我身不由主。即使去了北京，也被排得滿檔。

保重！

懷民

我渴望去古屋鱗次的平遙走走，也很願意再去大同看雲岡大佛。我想退休後，一定可以去每家「夜奔」住幾天。說著說著，還沒去成，疫情來了。全世界都「不許動」。不許動！當年雲門培訓的功課也包括摺紙。練功，教課已經疲憊不堪，還要長時間坐在那裡，長坐不動，專心摺紙？七位大漢覺得匪夷所思，勉強應付。十六年後，鴻璽說，摺紙磨出來的耐心，使他在面對疫情挑戰時，得以排除鬱卒，按步就班的關掉北京與平遙的「夜奔」。

創業復又歇業，日理萬機，轟轟烈烈築夢大業忽然煙消雲散。隔離的日子，他只剩下一個人，和自己的身體。要求自己照表練功，卻只面對了自己的慵懶。他深深懷念帶給他大溫暖小磨難的夥伴，以及四合院來來去去的人客。他坐下來，把思念化成文字。

《夜奔》這本書不是武學筆記，也不是經營民宿的寶典，而是關於相逢與告別的悲歡情緣。

他講一對萬人迷的店狗（他們叫做歐巴馬與溫家寶），一條拒絕死亡的金魚（在寒冰裡冬眠，春來冰融，擺尾重生，「年復一年都有自己的復活節」）。講完狗和魚，他講人，講四合院的奇人異事：

上武當山習藝的俄羅斯美女說，她「從遙遠的西方渡水來到東方，達摩也是。」

英國的地下停車場管理員積蓄有限，到北京只能玩兩天，上過長城就心滿意足的回家。

員工李俠有預言能力，聽到悶雷，預言天將大旱，當年中國北方果真大旱，必須「南水北送」。

北大出身的建築鬼才趙小雨穿著邋遢，活像泥水匠，喝酒後奶奶孫子隨口叫，在夜奔大同，用英文講雲岡大佛的故事，讓一群年輕英國孩子安靜的圍坐聆聽。

四合院來了個頭矮小，肚子突出，脖子上掛著大金鍊，始終帶著墨鏡的墨西哥黑道大哥，眾人緊張不已，想不到他離去時床褥平整，枕下一百美金小費。

哈佛法律系畢業的美籍台灣青年，不進華爾街工作，卻成為大陸人權律師，每回只停留兩夜，彷彿在「追什麼，或逃什麼」。

不能相信這是他的第一本書。鴻璽是說故事的高手。俐落、鮮活的生活語言，冷面詼諧卻又極端溫柔。

客棧員工不愛異國食物，他說，「這一批九〇後的中國年輕人味蕾還是非常熱愛祖國的。」

疼愛每個年輕人的客棧阿姨讓鴻璽感動：廣大的農民工「每個人的眼角都有淚，但是笑起來都好可愛。」

寫起摯愛的武術，他的文字生猛漂亮：「山東拳種多元，山東人個性粗獷豪邁，打架不含糊。拳如人性，魯東的螳螂拳、魯西的查拳都是瀟灑剽悍，一撒通身皆是手。」「京城之地是非多，客棧更是風塵之眼。」夜奔北京以武術為特色，自然引來不少武林中人。有儒雅的太極名師，也有手臂看到樁狀物品就會去狠敲幾下，敲死好幾個公園樹木的拳痴。鴻璽娓娓道來的故事恍如金庸小說的現代版。

山東太極名家劉晚蒼德高望重，出版社出書紀念，借了夜奔北京，在他的一百一十冥誕舉辦新書發表會，許多門派都到場觀禮，好漢聚集，十分熱鬧。聽說一個混黑社會，幹過大案子的摔角家也會出席，大家心中不安，怕他破壞歡聚的氣氛。

下午這位摔角先生來了，他反而彬彬有禮，跟兩個朋友一起站在門口，雙腳不踏進院子，請我們通知劉先生一句話：「當年咱師爺跟劉三爺是過命的交情，隔了三代交情還在，今天聽說為了劉三爺辦活動，必須親自來道賀，但是不太方便進來，人在門口鞠躬了。」劉培俊先生趕忙跑到門外相見，也沒有邀請他進來，兩人互相寒暄了幾句就走。

鴻璽說，「對方有規矩，知道自己江湖身分複雜，不給主人添麻煩，北京還是北京，該有的人情世故還在。」

十年夜奔，十年江湖，當年的流浪者養出這樣成熟的眼睛，寬厚的心，我滿心敬佩。我也自問，是否因為鴻璽是流浪者，我才偏愛這本書。幾秒鐘，我就否定了自己的疑慮。鴻璽寫得真好。讀完第三篇〈歐巴馬〉，我勒令自己，好東西要慢慢吃，每天只許讀一篇，卻是欲罷不能。掩卷抬頭時，陽光已經射到屋裡，而我還是情不自禁地再去重溫〈魚堅強〉的結局。

台灣導演金重先生萬分疼愛這隻崛強的金魚，總是費心照顧。入住四合院第六年的夏天，魚堅強翻了白肚。得到噩耗，在台北工作的金導演回覆道：

「請妥善照料魚堅強，我立刻買機票去北京接他。」

隔日晚間，家偉、呂重、皓詮、子慶等人在院子踢腿時，金重先生一身黑衣出現在門口，默默地走到池塘旁，撈起魚堅強，用一塊白布包好，點頭離開。

那是金重先生最後一次回到夜奔北京。

這分明是武俠片的情節，那黑衣導演分明是作者的化身。然而鴻璽說，全書每一篇都是真實故事。

退休後，我想總算有時間去見識鴻璽的客棧，會一會「夜奔」的好漢。還在盤算日期，疫情來了。世界亂成一團時，鴻璽打包返台，「夜奔」成為過去。幸好他寫出這本書，江湖長在，傳奇永存，讓人可以神遊那個胡同裡的有情天地。

自序

蹲低一點。

「你蹲得不夠低！」

這大概是我最害怕聽到的一句話。

聽了多久？大概快二十年了吧。我的人生好像有一種自動逃避的本能，我沒有舒適圈，或者說，我的舒適圈就是不斷「離開」。

生命中有老師是一件幸運的事。天地君親師，我以前總覺得是一個排比，先後長幼有序，年紀漸長，逐漸明白，是自我審視的程度。天距離我最遠，地雖在腳下卻遼闊無際，難有走完的一天。君與親是倫理，沒有對錯，只有好壞。唯獨師，看似最末，實質最近。師不單是指教我的這個人，更是管住我這個人的一切。

我從小好動，個性滑稽，討厭框架，總喜歡在規矩之外找答案。武術把我迷住了，年少時喜歡打沙袋，每次打完都有一種能量釋放的愉悅，然而，精力像野火一樣，風一吹就鼓譟，我沒有安靜下來，反而更加狂野，我曾經以為，這就是武者該有的氣魄。

直到我遇上了恩師徐紀老師。

萬物有師，兵器有師，為了封住利刃而生，哪怕一輩子討伐血債，最終也需要收刀。我的師就是徐師，一輩子追著我練功，討伐我的懶惰。有些人需要當頭棒喝，苦惱一輩子，等待有緣人一錘定音敲大醒。徐師對我不一樣，他對我是棒棒當頭敲，我連苦惱的時間都沒有，不惑之年，還有一個八十歲的老先生在背後推我脊椎，逼我前進，這種幸運有時候覺得實在是天眷地憐。

跟隨徐師，第一件事情就是「重新做人」，他要我踢最基本的彈腿，一踢一輩子。要我安靜下來站樁，站到天荒地老還不夠。要我意念下沉，要我用腳打拳，要我放棄直線思考，要我渾身充滿擰轉與撐拔，他要我身心從裡到外都「不舒服」。

他從來不稱讚學生，他批評一切的錯誤，不只是武術，更是人生百態。他洞悉人性，評語針針見血，老師嚴厲待己，嚴格教學。我們總是在繞了一圈之後才發現，老師的教育是入髓入骨的，我們知道了所有的錯誤之後，正確答案早就在心中。

他說我拳練不好，因為我的生命缺少了太多，他要我閱讀經典，要我聽音樂演奏，要我嘗試書法，要我看戲劇演出。他給我買票，抓著我陪他去看崑曲〈夜奔〉。是的，當我的朋友們在聽周杰倫、蔡依林演唱會時，我在台北看崑曲。

老師像壓彈簧一樣壓我，壓得我快喘不過氣了。

二十九歲，我突然覺得受不了了，我的彈簧要蹦開了。

我去流浪，我又開始逃離了。我要逃離台北，逃離穩定，逃離老師，逃離我的舒適圈。

我決定要像林沖一樣，去夜奔了。

我豁出去了，我把所有的一切都賭上了，像個賭氣的孩子一樣，我告訴自己，三十歲之前，如果我再不給自己一個犯錯的機會，人生就此打住了。

我在北京胡同穿梭，初生之犢不畏虎，我把所有的資金都押寶在一間老舊四合院的租金與裝修上，沒有備用金，沒有緩衝期，沒有後援，只有傻與愣。什麼都沒有，就什麼都動手做。開業第一個月，我把所有的錢都燒光了，只能買齊四個房間的床鋪與基本家具，其他房間連窗簾都沒有。

我已經沒有錢請員工了，我寫了一篇文章放網路。很快就有兩個台灣建築系的女孩自願來「打工換宿」，自己掏錢買機票，他們兩位是最早到達夜奔北京的夥伴，都是剛剛畢業，熱愛老建築，在那個單純又美好的年紀，沒有猜疑，沒有擔憂，不怕詐騙，「夜奔北京四合院客棧」就是就這樣開始的。

只有四個房間，我們早上收房費，下午去買床，晚上熬夜整理，第二天就有五個房間了。然後，有了第六個，第七個，第八個……很快，我們就滿房了，每日都滿，在很短的時間裡，我們突然忙得不可開交，好像全世界都來北京了，我們忙到睡覺的時間都不夠了。

忙就容易心亡。我要守住心，所以重新開始練拳，四合院就是天地拳場，練著練著，打工換宿加入，正式員工加入，住客加入，胡同居民加入，練拳幫我守住了心的底線，也把夜奔北京鞏固住了。

兩年後，夜奔北京有盈餘，我一拍腦袋，決定去開發「夜奔大同」。半年籌備，再次豪賭，把所有資源一次到位，要複製夜奔，我分毫不留，全力以赴。北京的成功造成自我膨脹，夜奔大同開業半年後，突然發現資金斷裂，我高估了自己也低估了商業運作。

我才理解，為什麼世界上總是有當鋪，為什麼總是有地下錢莊，為什麼總有人為了三點半擔心受怕。我在北京懊悔不已、不知所措時，在蘇州工作的曹復維先生來訪。他為了看雲門舞集在北京的演出，每年都會固定跟著舞團當「空中飛人」。北京大劇院演出結束之後，我邀請周章佞老師等人一起宵夜，曹先生在北京與眾舞者聚餐小酌，他說是人生最樂的一夜。曹先生說，接下來每一年雲門演出的日期他都要訂房，請我們一定留房給他。

我如實告知，夜奔北京與夜奔大同即將結束，我等不到下一年了。

隔日早上，手機傳來復維簡訊，資金已經匯給我，很大的一筆數字，沒有合約，沒有借條，連還款日期都沒有，他要我無論如何都要把夜奔守住，因為他每年都要請舞團吃宵夜。他從來不讓我把這件事說出來，他只說，就當作一筆投資，要我別急著還錢，穩紮穩打，明年見。

那一刻，我的眼淚不止，也同時明白，夜奔不再是我一個人的事情了。

「你蹲得不夠低。」

徐師的話在腦中再次響起。

「你總是想要跳高，你經常貪多嚼不爛，你基本功還沒練好！」

曾經不以為然的話語，一夜之間 make sense。原來老師早就看穿了我的個性，他是一輩子的教育家，他看人看身體，精準無比。他要我把馬步扎穩一點，就是怕我不自量力，跳得高也跌得深。我開始收斂自我，穩扎穩打。三年後，我再做夜奔平邀時，戰戰兢兢，走一步退兩步，不求有功，只求無過，順利完成夜奔三部曲。

然後，然後，然後。

五年後，庚子年初，上天好像跟我開了一個玩笑，在夜奔即將過完十週年的時刻，用一場世紀瘟疫來告訴我，你又掉進了一個舒適圈，是時候該走了。

二〇二〇年一月二十三日，疫情爆發，我們親眼目睹了一次驚心動魄的人性考驗。北京封城，半年空轉，我知道時間到了。我在二〇二〇年五月八日當天宣佈結束夜奔北京的營運，幾個小時內，鋪天蓋地的電話、來信、簡訊、郵件，淹沒了我的呼吸。那是很沉重的一天，但也是一個必然的結果。我很感謝每一個關心我們的人，每一封信，每一個字，我都含淚讀完。內心除了感激，更多的是不捨，原來我曾經認真活過一次。

低頭，蹲下，伏地，閉眼，吐氣。那天之後，我鎖了門，關了手機，闔上電腦，放下書本，安靜地跟自己相處了一段時間。

我把自己重新開機，回到夜奔的第一天，用文字紀錄下你們每一個人的痕跡。打開我的記憶，原來你們都還在。方塊字從手指間隙陸續被敲打出來，回憶化成畫面，自帶聲音、氣味、溫度、人性。我開始書寫，文字讓我安靜。遠在香港的好朋友史凱先生閱讀了，傳來一句話：「Writing can be therapeutic.」

寫著寫著，遙想當年第一次離開老師到北京開設客棧，原本充滿的興奮與豪情壯志被各種困難磨平之後，開始感受到內心的害怕。當時常跟人講自己後背曾經有一堵厚厚的牆突然沒了，忘記該怎麼後退了。

虛了一段時間，在離開老師第十八個月後第一次返回台北。

那一夜，在老先生家挨了一頓罵，感受到厚牆還在，夯實得很。

滿血復活，面向天地君親師，我無怨無悔。

我又回到老師身邊，這一次，我會盡量蹲低一點。

店裡

夜奔

魚堅強。

李俠開始工作的那年，有一次看到一組歐洲客人退房時留下的寶特瓶裡放了幾隻小金魚，估計是出去玩的時候隨手買的，不能帶上飛機就留給我們處理，李俠把院子裡的仿古井洗乾淨，灌水，放養這幾隻被拋棄的金魚。幾天後大部分的金魚都漂起來了，只剩一隻還在游泳，李俠就撈起死掉的那幾隻，剩下那一隻孤零零地活著。

不久後，又有客人亂買金魚，走了就交給李俠，他照樣放入水井裡，還是只有那一隻存活下來。李俠偶爾想起來會拿一些麵包屑去餵他，但是忘記的時間比較多。

冬天到了，水井結冰，變成一個大冰塊，大家都忘了那隻魚。

隔年春天，冰塊融化，有天早上李俠看到了薄冰底下有動靜，是那隻魚睡醒了，很有精神地游來游去，李俠感嘆了一聲，就給他取名叫「魚堅強」。

夏天，因為有一隻魚堅強，就會有遊客覺得可以養金魚，總有人會自動加金魚進去，但是能活到冬天的只有魚堅強。第二年冬天，我們又忘了把他撈起來放室內，一夜結冰，魚堅強又冬眠了。隔年春天，魚堅強依然強健地甦醒，等待李俠餵食。

金重先生跟我們一起生活時，也開始照顧魚堅強，他買魚飼料給他加餐，魚堅強第一次吃麵包屑以外的食物，不知道是否美味一些？

第三年冬天，魚堅強見怪不怪的又變成冰塊魚。春天冰還沒化之前，金重先生就回來了，他聽說魚堅強被冰凍三尺，傷心難過，拿起小鐵鏟開始鑿冰。魚堅強在沒有被意外斬成兩段的破冰之下被挖掘出來，放入水盆中，不久之後就開始開心地游泳，金重先生至此開始細心照料魚堅強。

第四年，何娟從平遙歸來，攜帶了一隻獨眼狗，兩隻小烏龜，都是她在平遙期間收留的流浪動物。狗狗的眼睛後來治療好了，但是其中一隻有嚴重的白內障。他把烏龜放入池塘，覺得魚堅強太孤單，就去魚市場買了好幾隻小金魚回來陪他一起跟烏龜玩。一週內，烏龜把所有的金魚都吃掉了，只剩下魚堅強還堅強地活著。金重先生回北京，見狀趕緊買一個魚缸，請我們把魚堅強跟烏龜分開養，並且留下許多魚飼料。魚堅強繼續有一餐沒一餐的生活，但是他的精神依然旺盛。

李俠走了，明達接手餵食，辛未只要回來玩，都會先問魚堅強還在不在。魚堅強變成了一個隱約存在的對話窗口，久不回來的老友們總能透過詢問魚堅強來快速確認自己的年資。

到了冬天，魚堅強不知道為什麼又回到了室外池塘，而室外的烏龜則移居到了室內的小魚缸。沒有人擔心冰塊裡的魚堅強，大家都覺得他春天一定會好好的復活。

魚堅強沒有讓我們失望，年復一年都有自己的復活節。

第五年，夜奔的青旅模式走到盡頭，年底要全面重新裝修，所有的傢俱設備都打包封存，金重先生大冬天的也來幫忙拆床、搬桌，順便記錄拍攝，大家都說要給魚堅強一個新家。建築工人在施工時把池塘的底部敲壞了，有個漏水的裂縫。明達自己用水泥糊好幾層底，魚堅強確實是換了個新家，在原來的池塘裡換了水泥底座。

第六年夏天，全新打造的夜奔北京迎來了史上最大宗的打工換宿團，其中有幾個男生願意每天晚上練拳，晚餐之後都會在院子裡集合準備練武。魚堅強在這年夏天決定離開夜奔北京，他突然翻肚子了。

李俠不在，明達去平遙，何娟在大同，金重先生在台灣拍片。我給他們幾個元老發訊息，金重先生回覆：「請妥善照料魚堅強，我立刻買機票去北京接他。」

隔日晚間，家偉、呂重、皓詮、子慶等人在院子踢腿時，金重先生一身黑衣出現在門口，默默地走到池塘旁，撈起魚堅強，用一塊白布包好，點頭離開。

那是金重先生最後一次回到夜奔北京。

溫家寶。

我跟吳耿禎一起在東四五條胡同散步時，路過一家小雜貨鋪，店鋪內有個老媽媽帶著一個臥病在床的青年兒子過活兒，他兒子肢體有殘缺，無法下床，房間裡堆滿了啤酒、礦泉水、飲料、零食等雜物，空間很小，老舊的洗手台旁邊放置了一台古董電視機。老媽媽養的母狗沒有結紮，生過五次小狗，每次都一窩。我們經過時，看到剛出生的第六批幼犬，四黑三白，可愛極了。

胡同門口就是一灘積水，巴掌大的小幼犬在馬路上亂跑，老母狗看起來也沒體力一個個銜回來，只能無力地趴在雜貨鋪門前的便宜塑料門擋上看著他們七個小崽。

我問雜貨鋪老媽媽，他們斷奶了沒有，她說應該斷了，因為會餵他們吃乾饅頭與火腿腸。

我保持距離蹲下來看看，不久後有兩隻小狗慢慢跑過來，一黑一白，我伸出手指，他們兩個過來好奇地嗅嗅，又吐出小舌頭舔吻我的手心。我輪流抱起來看看，都是小男生。雜貨店阿姨在房間裡喊道：「小伙子，你要喜歡就抱走，雜種狗，不生病，特好養！」

我要了一個紙盒，裝上黑白二寶，給了雜貨店老闆娘一張一百元人民幣的票票，老闆娘掩蓋不住驚喜，她沒想到小狗還能賣錢，忙問我還要不要，剩下的便宜賣。

我說我不買狗，一百元是請你們喝茶的。

我跟吳耿禎一起走出胡同時，還聽到老大娘在後面喊叫：再便宜點賣也行！再抱一隻回去吧小伙子！

那天是二〇一一年八月十七日。

我很喜歡小狗，從小到大不同階段都有小狗陪伴，他們分別是熊熊、Newton、Picasso、金剛狼。每一個都是最好的孩子，現在都在天堂當小天使。

這回一次抱兩隻回夜奔北京，打開紙盒，所有女客人都驚聲尖叫，萌翻了一片彩雲。八月的北京天黑晚，天空餘光沾染了整個四合院，五湖四海的女子們都為了這兩隻小可愛分泌了一片母愛，每個女孩兒都想溫柔懷抱這兩個幸運兒，我只能立下規矩，每人限抱三分鐘，超過的要處罰。各國美女們聽令排隊，輪流等候與小王子溫存，我感嘆一聲，潘安再世也不過如此，百般羨慕之下，自己也乖乖去排隊抱小狗了。

北京人有喝羊奶的習慣，我去超市買了一袋新鮮羊奶，一袋幼犬專用的狗糧，回家把羊奶放火爐一滾後趁熱放入少許狗糧，攪拌至微爛搗碎，放入新買的小碗中。

把碗放入院子中間，兩個小傢伙飢腸轆轆地奔跑上前，稀裡呼嚕地吃滿嘴，一邊猛吃一邊發出咕嚕咕嚕的響聲，我看到輪流排隊要愛撫的眾卿們眼神都變成了粉紅色的愛心，一個一個往右滑，感嘆犬類的演化真是成功，如果換成商業角度來看待，大概是最成功的約會 APP 了。

要給小狗取名字，一群人七嘴八舌，都說要配合這難得一見的黑白二寶取一對有趣的名字。有人說就叫「黑白二寶」，有人說俗氣點叫「小黑小白」就好。有人說叫「蝙蝠俠與羅賓」，有人說叫「包青天與白馬王子」。

我看到新聞正報導中美之間的新聞，標題是「溫家寶與歐巴馬會晤」。於是，我決定白色的叫溫家寶，黑色的叫歐巴馬，兄弟二人今天起就開始哼哈江湖了，一統胡同了。

小狗的成長速度非常快，他們很快就適應了客棧生活。溫家寶的個性比較瀟脫，霸氣外露，任何人逗弄他都可以讓他立刻翻肚皮抖後腿。歐巴馬從小就有自我保護意識，賊溜溜的大眼睛很會觀察四周情況，一有不對勁立刻拔腿就跑回自己的小窩。溫家寶大概到了三個月大的時候還是一隻愛睡蟲，他有個神奇的能力，可以跑一跑突然趴下睡著，數秒內就會打呼。有的時候會有客人特別喜歡他，把他抱在懷裡輕吻，親著親著他就扭頭一睡，把客人嚇一跳。我都跟他們解釋他的別名是 Sleeping Beauty。

幼犬的進餐頻率很高，原則上要少吃多餐，我們從早到晚會分好幾個時段給他們兄弟餵食，他們也逐漸養成了習慣，一看我去冰箱拿羊奶就乖乖坐在廚房前面搖尾巴，舔舌頭，標準的貪吃狗模樣。常住的客人也慢慢摸清楚我們的作息，一到了餵食時間就乖乖坐在四合院四周，準備觀看小可愛餵食秀。一開始給他們倆共用一個大碗，每次都是一放地上兩個毛茸茸的小頭就急著鑽進去，原來狼吞虎嚥是真的，貓會虎嚥，狗會狼吞。後來怕他們吃得太急，我去買了兩個碗，也是一黑一白，給他們分開用，煮好的食物平均放入兩個碗，間隔一人的距離分開放。這個時候就看出兩兄弟個性的不同，溫家寶貪吃，他都會把自己碗裡的食物吃一半之後就跑去吃歐巴馬碗裡的羊奶泡肉，歐巴馬傻傻地就跟溫家寶搶著吃，結果又變成狼吞虎嚥，溫家寶吃完了之後又趕緊跑回去吃自己剩下的一半，歐巴馬就像個呆瓜一樣舔自己的空碗，完全沒吃飽的模樣。

心疼歐巴馬沒吃飽，就給他多留一點，卻總是被溫家寶分食。久了之後歐巴馬就是那個穿衣顯瘦，但是溫家寶才是脫衣顯肉的傢伙。

溫家寶從小就好吃，沒想到長大以後歐巴馬好色。鄰居的母狗經常大肚子，都是這個色鬼的傑作。歐巴馬的好色程度讓他變得膽大無畏，最猛的一次，我看到他跑去騎一隻母的雪橇犬，體型大概是他的十倍大，完全不知道他嬌小的身軀是如何領導這個活動，母犬還非常喜歡他，我要靠近就凶我，我只能遠遠等待他們完事。

六個月大的時候，小狗狗的運動神經元基本發育完成，兩兄弟在客棧內從早到晚都在玩捉迷藏，一下是黑追白，一下白追黑，拳諺說「貓竄狗閃」，真有道理，兩小狗的奔跑速度非常快，但是可以在快速移動中瞬間變換方向，很神奇。雖然如此，四合院的門擋高低不平，木門也經常開開關關，有時候會聽到他們奔跑時碰撞，發出「噹！」的一聲，若有老和尚撞鐘的啟示，都是他們在飛撲時腦袋瓜往門上撞出來的響聲。撞了之後繼續奔跑，毫無顧忌。

有一段時間，大家就叫他們「鐵頭雙寶」。

溫家寶的名字畢竟比較政治敏感，我們雖然隱藏在胡同深處，但在北京城中，「天子」腳下，魚目混珠，所以我關起門叫他溫家寶，出門遛狗時就喊溫大寶。歐巴馬的名稱就很受到胡同居民的接納，久了就常聽到街角曬太陽的大爺大媽喊道：「唷！看這美國總統的皮毛黑亮黑亮，圓頭圓腦的真好看！」

鐵頭雙寶在七個月大的時候，我應邀去泰國曼谷做一場演講，那是我們第一次在Hostelworld得了亞洲旅社的特色獎，恰逢他們在亞洲總部四年一次的大聚會，所以我趁這個機會去玩了半個月，這是他們兩兄弟第一次託給其他員工照顧。回來的第一天，溫家寶開心搖尾巴，亢奮地整個身體都在震動。歐巴展現了不一樣的態度，他除了開心，亢奮之外，看得出來還有一點哭泣，低嗚，並且一直咬著衣角袖口不肯放開，他明顯比弟弟還要依戀大人。缺乏安全感時嘴裡咬著東西不放這件事情從那一天起就變成了他的習慣，一直到他生命的最後一刻。

十個月大時，兩兄弟已經是精力旺盛的小野獸了。這個時候他們還沒有領地意識，任何進入客棧的客人都受到他們用共產黨的方式歡迎歡迎，熱烈歡迎。當時有一個美國奶奶 Nancy，精神特別旺盛，她是一個每天都來櫃檯續房，續到後來我們都幫她自動延長住宿時間，直到她最後要離開那天主動通知我們結帳。Nancy 是美國白人女性，她自己說經歷了非常多次婚姻，有時候賺錢，有時候賠錢，自己講完都會笑，她說不是不告訴我們到底有幾任婚姻，而是她自己不記得了，她在等待下一次的離婚，所以現在先把握單身的時間出來旅行。Nancy 每天早上都會在院子中間做健康操，鍛鍊肌肉與心肺功能，所以她雖然已經當奶奶了，還是很有朝氣，每天都很有活力。

Nancy 特別喜歡鐵頭雙寶，尤其喜歡歐巴馬。她說歐巴馬讓她想起其中一任前夫，說完跟我眨眨眼笑一笑，我猜是一位非裔前夫。歐巴馬也喜歡 Nancy，因為她會給他買很多狗狗的零食與肉罐頭。Nancy 當時住在女生的上下通鋪床位間，大行李箱固定放在床前。有時候找不到歐巴馬時就會去那個房間看看，有很大的機率都會看到他睡在 Nancy 那個敞開的行李箱上面，睡在滿滿的衣服中。我們很抱歉這件事，但是 Nancy 說她完全不介意，她很開心歐巴馬喜歡她的行李，如果我們允許，她想走的時候把他打包帶走。

Nancy走之前加了我的FB，我們變成臉友。她接下來的幾年住過泰國、柬埔寨、西班牙、英國，現在回到邁阿密。她每個地方都住了半年至一年，結交了很多朋友，她也會經常問我歐巴馬好嗎？請我發歐巴馬的照片給她看看。

他們很快就要滿一歲了，兩個兄弟感情很好，一起長大，一起耍萌要吃的，很快就要一起出門逛大街泡妞把妹當流氓了。我也逐漸嘗試給他們吃不一樣的食物，除了狗糧、雞胸肉之外，蔬菜、馬鈴薯、地瓜、水果都慢慢嘗試。歐巴馬就是一個膽小鬼，他看到新的食物通常都不會吃，尤其是顏色或氣味比較特別的，他一定離得遠遠的。溫家寶是個吃貨，只要能放到嘴裡的他都吃。蘋果、香蕉、橘子，什麼都願意嘗試。他們到達的一年後，八月天最適合吃西瓜，我買了一個新鮮的大西瓜，挖了一盤鮮紅色的瓜肉給他們吃，歐巴馬遠遠看著碗裡的西瓜不肯吃，溫家寶就充滿興趣地吃西瓜，一口接著一口把西瓜吃完，碗底的西瓜汁也舔得乾乾淨淨。

吃完那餐西瓜之後，溫家寶與歐巴馬就趁著我們不注意，從客人開大門的空隙之中跑出去玩。他們偷溜出去已經好多次了，一開始很緊張，每次抓回來都被毒打一頓，但他們還是禁不住誘惑，一旦找到機會就開溜。但是那個下午只有歐巴馬獨自回來。溫家寶不見了，我當晚騎腳踏車穿越每一個胡同角落，進入每一個私搭亂建的屋內尋找，我喊破了喉嚨都找不到溫家寶。半夜三點我看著歐巴馬，問他弟弟去哪裡了？歐巴馬低著頭張大眼看我，鼻子短促地吐氣，發出嗚嗚的低鳴哭聲。

溫家寶走了，一走就是一輩子。我想一週內會回來，我想一個月內會有人看到懸賞來換一萬元，我想半年後會有奇蹟，我想一年後會有電影情節上演。結果都沒有，溫家寶這一走就是一輩子，歐巴馬也想他一輩子。不管人還是狗，生離就是死別，來不及道別的遺憾都是等待。溫家寶走了以後，歐巴馬開始吃水果，他開始嘗試弟弟吃過的蘋果、橘子、橙子、秋梨。他在三歲的時候開始吃鮮紅色的西瓜，他吃西瓜的樣子很像溫家寶，一口一口慢慢地吃，西瓜汁沿著嘴角流到碗裡，他吃完之後再把碗裡的西瓜汁舔乾淨。

我手機裡有一小段影片，是我在院子中間練劍，被一個客人側錄，歐巴馬跟溫家寶平常很調皮，活蹦亂跳，但是只要看到我練兵器，就會乖乖坐在院子裡看我，也許是刀劍的形狀，提醒他們體內演化的基因，但總覺得他們是喜歡看我練劍的。我想溫家寶的時候，會拿出這段影片觀看，這也是他離家出走之前最後一段的影像紀錄。

他們兩兄弟很喜歡金重先生。溫家寶本來就眾生平等，任何人都可以抱，歐巴馬很挑剔，但是他第一次見到金重先生就親近，隨意讓他抱。金重先生說人都討厭他，但是小動物都很喜歡他。溫家寶走丟之後，歐巴馬有一段時間不敢一個人出去溜達，乖乖地等人帶他，金重先生那段時間常常帶他出去胡同散步。他發現胡同裡有一隻半放養的野狗花花，中型米克斯，很喜歡欺負歐巴馬，他說歐巴馬看到他會怕怕的，有可能被他咬過或追過。有一次我們一群人帶歐巴馬去散步時看到花花在遠處，一看到歐巴馬就狂吠，嚇得歐巴馬不敢往前走，金重先生就拿起棍子追著花花跑，嚇得他往反方向逃，我們一群人從胡同的另外幾個出口拿著掃把準備等花花出來，假裝要揍他，嚇得他來回逃跑，後來躲到一戶人家的院子裡。那天之後，花花見到歐巴馬就乖乖地趴著，再也不敢凶他。金重先生說要是再看到他欺負歐巴馬就真的會打斷他的狗腿。

金重先生有一段時間把我的鬍刀借走了，他拿去做一個裝置藝術展覽，利用隱形尼龍線懸吊鬍刀做出了一個半空劈肉骨頭的裝置，展覽結束之後他把那個巨大的肉骨頭帶回客棧，放在太陽下曬，歐巴馬非常喜歡那塊骨頭，他覺得那是金重先生給他的禮物，不讓任何人靠近，他也是從那個時候開始學會露牙齒凶人。

鬍刀在展覽時被賈樟柯導演看上，不久後又被道具組借用，最後出現在電影《山河故人》的一幕。

歐巴馬。

金重先生是個孤獨的好人，他喜歡貓，喜歡狗，喜歡魚堅強。他在東四六條胡同內一個破舊不堪的深宅大院內住下，從門口走到他房間需要穿過三重院落，大部分都荒廢，天黑之後沒有燈光，一般人不敢走。他把房間內部佈置得很好，是他的生活空間，也是他的剪輯工作室。有一年過冬，他發現一隻黃鼠狼會去他廚房偷食，他就架設了一個小型攝影機記錄他，並且留食物給他。這隻黃鼠狼慢慢就變成固定去拿晚餐的小朋友。我有時候遛狗會問歐巴馬要不要去看金重先生，他就會一路從燈草胡同走到東四六條。

歐巴馬身體上都是黑毛，四個爪子全是白毛，看起來像穿白襪子，胸口也是一撮白毛，人立時看起來像台灣黑熊。南方人介意黑狗穿白襪，彷彿是披麻帶孝，認為是不吉利之象。北方人說狗分四品，一黑二白三花四黃，黑狗為一等犬，如果遇上了黑狗有白腳，此狗是「踏雪尋梅」犬，護家守財，更屬難能可貴。

第一次聽到「踏雪尋梅」的說法，是從一個修腳踏車的大叔口中說出。他來自河南，農民工背景，皮膚黑黝黝，面孔長得很像吳宗憲，自帶笑意。那年北京政府還沒有到胡同內多管閒事，胡同裡各個角落都出租給這些外地人來經營小商鋪，山東賣饅頭的周杰倫、河北開雜貨店蔡依林、新疆賣羊肉串的黃秋生、河南修腳踏車吳宗憲等人都是樸實有趣的底層人物，也讓胡同生活保持豐富的活力，歐巴馬就是在這個環境裡長大成犬。

二〇一三年成立夜奔大同，來回折騰了好久之後，在夏季準備落成，當時帶上歐巴馬一起過去生活，他第一次坐長途汽車，路程五個小時，他沿路趴在我腳底，不知道是不是暈車了。大同市的海拔有一〇四二公尺，不算太高，但是應該對他這個小動物來說還是有點變化。他到達的第一天很好奇，東聞聞西嗅嗅，鼻子像個探測器一般停不下來。到了晚上睡覺前，他在鋪好的小毯子上轉了好幾個圈圈，身體窩成一個圓球體狀之後，深深地嘆了一口大長氣才趴下脖子睡覺。我躺在床上聽到這個嘆息聲，覺得他怎麼一夜之間變老頭了？

隔天早上，帶他到附近去散步，明顯感受到狗狗在互相聞屁股之間真的能互相交流。歐巴馬個頭雖然小，但是一到了山西之後反而變得趾高氣揚，走路抬頭挺胸，四處來的小狗都死命聞歐巴馬那個粉紅色的小屁股，完全就是一副「啊～這就是北京來的爺們，鄉親們，快來快來，再不把握機會聞一聞以後搞不好就聞不到了！」的樣子。等其他小狗都走了之後，我蹲下來摸摸歐巴馬的頭，並且問他：怎麼回事，你真當自己是天子微服出巡啊？太囂張到時候被人扁可沒有金重先生幫你出氣。

歐巴馬沒有聽進去，他往後幾年只要從北京剛到山西，一定展現出老爺回家的態勢，明明就是個小不點，卻老裝大款兒，我估計他們狗狗之間也有城鄉差距。歐巴馬這個風流倜儻的京城少爺在大同有不少紅粉知己，我也看過不少幼小黑狗亂竄，非常懷疑這個小王八蛋在多次消失一夜之後再回家幹了什麼好事。

夜奔北京有個鄰居，神祕莫測，在我們院子正後方弄了一個獨立院落，輝煌裝修後入住，常年有一男僕陪伴，一主一僕逍遙自在。明達稱他「大仙兒」，稱他的僕人「超兒」。大仙的背景複雜，經濟自由，但是他時常以胡同居民自居，為了某些任務，努力融入社區。他養了貓之後，發現胡同居民多半養狗，貓放養，但是狗可以牽繩溜達，更顯得自己是社區的一部分，於是也去弄了一隻小母狗，取名果兒，比歐巴馬年紀小，但是體型比歐巴馬大一半，細腿長腰，屬於狗中的美女。果兒含著金湯匙長大，到了一歲開始發情，看上歐巴馬。有一次果兒主人提出想帶果兒到夜奔大同去玩兩天，我也帶上歐巴馬一起去。到達時大同冰天雪地，室內乾柴烈火，地上的暖氣烘托的溫暖氣息，直撲人獸，歐巴馬獸性大發，我們中午出門吃飯，回家時發現歐巴馬不知道如何把拴他的繩子弄斷，跟果兒妹子已經屁股對屁股了。

三個月後，長腿果兒生出五隻小狗，各個可愛，腿短如歐巴馬，沒有遺傳到媽媽的大長腿。其中一隻給媽媽留下，其他四隻小狗都被其他分佈在胡同內的「特殊」人士預訂，斷奶就送入大富大貴之家，陪伴收主們一起「融入」胡同生活圈。歐巴馬可以算得上是白手起家，三級貧民戶翻身上流社會的典範了。

夜奔大同除了國外入境的獨立背包客之外，也經常會遇到在中國居住的外國人集體來住宿，他們通常來自北京或上海等大城市，有些是留學生，有些是英文老師，有些是外籍外派人士，所以一來都是一群人，一次三五天。夜奔大同不遠處有一家烤鴨店，用櫻桃木燒烤，鴨肉味道香甜美味，配上的大餅比北京厚實，山西的大蔥更是豪邁粗獷，一口咬下滿屋濃厚。北京的大董烤鴨一隻要價二九八元人民幣，醬料配菜與大餅另外計價。大同的櫻桃木烤鴨一隻要價五十八元，附贈滿滿的甜麵醬與吃不完的大餅與配菜。我每次都會推薦給群體的客人，他們看到價錢與食物的品質之後，往往都會在走之前再點一次。

有一次又一組美國人來玩，男男女女加起來十幾個人，都是在北京工作，他們特別愛吃烤鴨，聽了我的推薦，美國揮霍魂發作，宣佈一人一隻烤鴨。我打電話訂了十五隻烤鴨，老闆親自開車送餐上門，這群美國人把烤鴨當肯德基吃，我也是開了眼界。

同時開眼界的還有歐巴馬，他垂涎三尺地眼巴巴看著一群人吃香噴噴的烤鴨，四處求情。我再三警告客人不能餵食，烤鴨太油，骨頭太細小，會傷害他。歐巴馬的萌力全開，雙眼張開度到達一二〇％，討饒哭聲的頻率控制在初生嬰兒的頻道，積極發出信號。有個美國男生實在忍受不住，趁我不注意偷偷塞了一口鴨肉給歐巴馬吃。這下好了，歐巴馬從此知道人間還有烤鴨這種美味，之後歐巴馬就不離開這個人，走到哪跟到哪。

當晚客人吃剩下的十五個鴨肉骨架都被打包處理放置在廚房，準備第二天早上拿給收廚餘的大姐。歐巴馬跟我睡在夜奔大同樓上最裡層的房間，半夜地暖太熱，我把門打開通風，沒想到這個小傢伙睡到半夜偷偷摸摸自己走下樓，沿路貓手貓腳不發出聲音，經過一群客人的房間門口，沿路走到另外一頭的廚房，翻開垃圾袋，偷偷咬了一隻鴨骨架再延路回到二樓房間，骨架太大，他一路拖著走，鴨架上的油脂畫了好長一道線。他想把鴨架藏在自己的小窩裡。我半夜起來聽到窸窸窣窣的聲音，迷糊中起床看歐巴馬，發現他翹著屁股在刨自己的床，好奇下床想看清楚，歐巴馬聽到聲音，驚嚇地轉頭看到我，雙眼瞪大，整個身體靜止不動了三十秒，他心裡想完蛋了，人贓俱獲。

我起床，開燈，抓著他的脖子，手起掌落，毒打一頓，讓他貪吃屁股就開花。他一面被揍一面看著烤鴨架子一面跟我哭訴，說好了好了我知道錯了以後不敢了你饒了我吧。

第二天早上，我還在洗臉刷牙，小王八蛋就跑去廚房再吃一隻鴨架子。我發現時他已經夾著尾巴躲在旁邊，完全就是一副「I'm not even sorry」的表情。

屁股再開花，但是他表情像抽了大麻一樣，飄飄然無所謂了。

從此之後，只要有客人在夜奔大同訂烤鴨，我跟歐巴馬就開始了鬥智鬥勇的真心話大冒險遊戲；歐巴馬你有沒有偷吃骨頭？沒有嗎？那為什麼嘴巴旁邊有油漬？屁股是不是又癢了啊？

二〇一五年初夜奔平遙開幕，五月時我去坐鎮，接待客人。當時為了方便客人，請燒煤的李師傅固定騎著他的電動三輪車去火車站接訂房的客人。有一次李師傅剛好趕回家處理事情，來不及去接客人，我一直想嘗試騎三輪車接客，就拿了鑰匙騎過去火車站等人。那天到達的客人是個美國女孩 Alison Gerken，紅色的登山大背包，眼睛很大，是個獸醫系剛剛畢業的加州陽光少女。她非常驚訝騎三輪車來接他的車伕會講流暢的英文。我假裝自己是個打工仔，為了自己的未來努力學習英語。Alison 在中國玩了好幾個省分，在夜奔大同玩了幾天，剛到平遙，她不知道我也是夜奔大同的經營者。當時跟她聊了兩句就發喜，對她很有好感。我記得當時剛開幕，空房很多，我給她升級了房間，她異常開心，晚上買了啤酒羊肉串找我聊天。

加州大學獸醫系畢業，實習一年之後出來旅行，花了半年走遍半個中國。讀獸醫系是因為她從小家裡有養一隻老虎，老虎長大之後被政府安置。我看了手機裡她透過籠子空隙擁抱老虎的照片，覺得這個女孩很特別，她笑起來有一種特別的美。她到中國是為了過世的父親。她爸爸是生意人，生前常常到中國，幾年前過世了。在病床上，爸爸告訴她這一輩子的遺憾是沒有把中國看完，身為一個美國白人家庭的爸爸，他的遺願卻是把一部分骨灰撒在雲南的虎跳峽。美國人是永遠的樂觀主義者，啤酒的微醺下她也能很開心地講述自己的故事。在雲南時，她爬山摔到後腦，破了一個洞。縣城的醫院不願意給外國人治療，也許醫師語言也不通怕惹麻煩。她就自己用隨身攜帶的急救針線，架起兩片鏡子給自己的後腦做了縫合，後來到昆明才買到抗生素。給我看傷口時，撥開頭髮還有一大塊乾掉的血塊。她說還好在學校給各種動物的傷口都縫過針，手感尚在。為了避免弄髒床單，她都是趴著睡。

如此強悍的女子但是有很溫柔的眼睛。離開那天我們一人一杯咖啡，坐在夜奔平遙的屋簷下聊了很久。我給她看歐巴馬的照片，當時歐巴馬在北京，她在大同與平遙都沒看到，直呼可愛。

半年後，我把歐巴馬託付給丁卯，他們姊弟倆獨自在大同逍遙快活，我去香港一趟再回台灣。沒想到歐巴馬又偷吃客人的鴨骨頭，但是這次出了問題，有一小塊骨頭沒有咬碎，卡在腸道下不去，變成腸梗堵。丁卯發現歐巴馬已經三天沒有排便之後，狀況不對通知我，我請她帶歐巴馬去見薛醫生。

薛醫生是大同最大最豪華的一家獸醫院醫師兼院長。薛醫生明明就老大不小了，身材也是中年微胖發福，但是不知道為什麼看起來永遠像個小學生，他在診療室都穿著白袍大褂，但是講解病情時總是手指頭抓著袖口來回拉扯，雙手前後擺動，怎麼看都像一個作業沒寫完的小學生在解釋為什麼暑假作業被狗吃了。

薛醫生雖然看起來不太靠譜，但是他畢竟是山西獸醫第一人，傳說除了貓狗鼠兔等寵物，他的獸醫院經常有人牽羊帶馬、烏龜蜥蜴、雞鴨鵝鷹、山羌大鼠都難不倒他。薛醫生看了歐巴馬的狀況，又分析了一下X光照片，告訴丁卯，狀況緊急，必須立刻開刀。

我當時剛剛降落桃園國際機場，一下飛機就看到訊息，心臟猛跳，臉頰泛紅，海關人員忍不住多看我兩眼，懷疑我攜帶不良物品。

手術結束之後，骨頭取出，但是薛醫生告知發現更多問題。原來歐巴馬的品種不詳，也許混合太多品種（也就是超級混種犬），內臟比例奇特，他的肝臟與腎臟巨大無比，還在手術期間請丁卯進來拍照留念，傳給我看，更是讓我驚嚇無比。丁卯說她是這個世界上少數看透過歐巴馬的人之一。

總之，這些問題讓歐巴馬手術之後急性腎衰竭，生命指數下降，薛醫生開出病危通知。丁卯一邊哭一邊告訴我，如果要再看他一眼就要立刻回來。我二話不說訂了最快的飛機，台北—北京—大同，一路換車換馬不換人二十四小時內趕回來。

上飛機前，我把丁卯傳給我的 X 光檔案、抽血報告等數據傳給 Alison Gerken，她當時已經在邁阿密獸醫學院實習，她把報告拿到大學實驗室的電腦分析，之後告訴我，只要回去看到 Obama，摸摸他，抱抱他，跟他講講話。剩下的交給 Faith，一切都會很好，不要擔心。

我看到 Obama 時他已經奄奄一息，只剩下張開眼睛的力氣，我的眼淚已經忍不住了。摟著他，輕輕地告訴他我多麼感謝他這麼多年的陪伴。我很抱歉沒有好好照顧他，我希望他願意來世再回來當我的孩子。薛醫生說已經回天乏術，現在打營養針只是維持他的生命指數，讓我回來再看他一眼。我在醫院抱著他過夜，夜裡我跟他說我還沒準備好道別，能不能再陪我一段時間？

半個月後，Obama 奇蹟似地康復了，而且各種生理指數都回復正常，薛醫生說真的是奇蹟。抱他回家的路上，他很乖的躺在我胸口，安靜地做個美男子。我不知道是什麼起了作用，但是 Alison 說得沒錯，永遠保持信念，生命會自己找出路的。

薛醫生建議接下來的半年內，要細心調養歐巴馬的身體，最好吃針對腎衰竭調養的配方肉罐頭。他說目前這種肉罐頭山西沒有，北京的一些動物醫院可能有從國外進口，不是很容易買到。我打電話給金重先生，請他幫忙。金重先生二話不說，不知道動用了什麼上層關係，兩天內給我寄來一大箱這種特殊肉罐頭，足夠歐巴馬吃上半年。我問他一共花了多少錢，想微信轉給他，他反問一句：「我給歐巴馬買吃的還要你操心給錢？」

歐巴馬的身體半年後逐漸恢復，但是精力不再那麼旺盛，大病一場之後，沒有讓他變得更謹慎，雞骨頭鴨骨頭還是能偷就偷，能藏就藏。我學乖了，固定盯著他屁股，只要超過二十四個小時沒排便我就立刻抓他去見薛醫生，薛醫生又像個老小學生一樣，抓著自己的袖口摸摸歐巴馬發抖的頭說：「怎麼又來啦？你死過一次了，別再搞事情了，既然來了就抽個血檢查一下腎指數吧？」還好每次抽血的數值都逐漸好轉，歐巴馬可害怕去獸醫院了。

歐巴馬生病前體力旺盛，我帶他跑大同城牆，一圈十公里，他跑完之後臉不紅氣不喘，回家休息半小時就吵著要出門看他馬子。但是手術之後他明顯體力下降，雖然還是能跑完十公里，但是跑跑停停。

二〇一六年七月一日，我為了證明給某人看我的基本體力，帶著歐巴馬一起去跑大同城牆，我們一人一狗都退化了，前五公里用跑的，後五公里用走的，我們順時鐘方向跑城牆，回程時在東城門下休息，夕陽非常美，直接打在歐巴馬黑黝黝的皮毛上，他跑一跑就去青草地上打滾玩耍，大同的空氣乾淨，氣候乾爽，身上不流汗，晚風吹臉時有說不盡的人間美好。

結束城牆時，我們往夜奔大同的方向走回，沿路看到有人吃羊肉串配啤酒，店家在門口的音響播放趙傳的音樂〈愛要怎麼說出口〉，我第一次聽到這首歌，覺得旋律好聽，歌聲嘹亮，忍不住停下腳步。歐巴馬走上旁邊的階梯，正襟危坐在我身旁陪伴。那天是歐巴馬最後一次跟我跑完十公里的距離。

歐巴馬六歲之後變得非常成熟穩健，夜奔北京六歲之後也是進入快速成長期，獲利模式清晰，收益快速增長，隨之而來的忙碌與煩惱也跟進。我在北京期間的作息都是早上六點到晚上十一點忙碌不堪，忙起來時歐巴馬總是乖乖地陪著我，偶爾有時間去胡同口電線桿下快速解決一下生理問題，自己出去再回來，不再亂跑。

歐巴馬很貼心，他知道我累，但也知道我需要逃避現實。每個北京忙碌的夜晚，他都會在結完帳後陪我去胡同散步。冬天夜晚，氣溫經常是零度以下，我帶著他沿路從燈草胡同，轉進演樂胡同，再穿進東華廳胡同，切進內務部胡同，再走小路到兵馬司胡同出到東四南大街，經過街角的聯合國餐廳再往禮士胡同走。一趟下來慢慢溜達半個小時以上，這條路我們走了好幾年，在我心中，這是一條歐巴馬路線，永遠會在我心中。

二〇一七年是寒冬，那一年的北方有好幾次大降溫，強降風，北京夜晚室外體感溫度能到達零下十五度，凍耳凍手凍鼻子，歐巴馬滿身皮毛，從來不怕冷，曾經在大同零下三十度的夜裡蹦跳奔跑，一點問題都沒有。但是遇到二〇一七年北京那次的降溫，他受不了了，在胡同散步到一半過來要求我抱抱，我把他兜在我大衣的內側，釦子扣緊，只露出他一個小頭看外面，我當時心裡有底，歐巴馬的生命是借來的，他真的是為了多陪我幾年回來的，但是身體的狀況已經不是那麼硬朗了。

他這一輩子最喜歡的三件事就是「去遛遛」、「吃肉肉」、「來抱抱」。我在北京滿房的時候會睡大廳，有時候去宿舍睡覺，歐巴馬都會跟著。他最喜歡在睡覺前窩在我懷裡，我們互相感受到對方的心跳之後，再跑到我腳下睡覺。

林清盛跟我說過不止一次，毛小孩對主人永遠只有感激，沒有怨言。但是我總是覺得虧欠歐巴馬許多，他是一個最好最棒的孩子，但是我沒有把他照顧好，讓他落下病根。他每次有一點不對勁，我就會帶他去看獸醫。久了醫生覺得我神經兮兮，是那種養了寵物就過度敏感的主人。

薛醫生有一次對我說，歐巴馬雖然是土狗，不容易生病，生命力算很強，但是因為他的身體比例太奇怪，前腿粗壯後腿細小，頭大身小，看起來可愛，但是身體重量都集中在前半段，壓迫他的關節已經變形，還有應該是混了大小不同的犬種，直接導致各種內臟器官的比例失調，這是沒辦法的事情。言下之意，他的預期壽命不會太長，更何況曾經動過大手術，雖然恢復良好，但依然元氣大傷，要我有心理準備。

生命本無常，我心底清楚，腦筋明白，但是內心總是很難接受。難道生命的美好一定要有一個期限嗎？這一點讓我在往後幾年格外地珍惜與歐巴馬相處的每一分鐘。林清盛說得沒錯，毛小孩對家人總是充滿著感激，對我來說，也是感謝歐巴馬每一天的陪伴。

歐巴馬七歲之後，精神明顯大不如前。但我還是非常享受每天清早起床之後，帶著歐巴馬散步的過程。清晨的陽光斜斜地投射在他黑溜溜的身上，我看著他一如往常的到處聞聞，找樹幹撒尿佔地盤，暗自逃避現實，總是覺得也許上天眷憐，會多給他一點時間。

歐巴馬已經出現老狗的型態了，但是他的短腿加大頭大眼，依然讓初次認識的客人們覺得他還是一隻幼犬。有一次有個客人看到他，非要說他是剛剛斷奶的拉布拉多犬，不論我如何解釋都不聽，他非要說他在家裡有一隻一模一樣的拉布拉多，小時候長得跟歐巴馬一樣，所以肯定歐巴馬還是幼犬。歐巴馬後來轉頭看我，我竟然從他的眼神中看出來他的想法：「好了老大，別理這傢伙，他怎麼說都可以，如果能讓你高興一點，我就假裝是一隻拉布拉多幼犬好了。」

歐巴馬老了，心態也老了。我看著他從小到大，感覺他提早步入老年。我把跟他相處的每一天都當作最後一天，每晚睡覺前都會謝謝他多陪我一天。

二〇一八年，歐巴馬當哥哥了。我一直深信狗狗與人是最好的夥伴，但直到他當哥哥的時候，我才發現，他不只是夥伴，而是家人。他展現出一個哥哥應該有的樣子，他的眼神充滿了憐愛，守護，關心，他是我最好的孩子。

二〇一八／二〇一九是夜奔最忙碌，最熱鬧的兩年，我們守護了自己的原則，社會也回饋我們，最後這兩年，我們很順利，得到了一切的好運，夜奔北京營運前所未有的好，所有夥伴都得到了相當多的回報。歐巴馬依然是我們的守護者，他總是在四合院的角落觀看這一切，他看著我們從泥土地裡一步一步爬起來，直到現在。

庚子年前的兩個月，我要暫時離開北京，回到台灣過年。臨走的前一天傍晚，天氣非常好，傍晚時出現了桃紅色的火燒雲，北京的天空呈現了前所未有的美麗景象。在最美的那個十分鐘裡，我突然很想跳舞。我用手機播放了 Peggy Lee 版本的〈It's Been a Long, Long Time〉，兩分二十二秒的舞曲，我抱起你，你還是小手小腳的小身體，整個四合院剛好沒有任何人，沒有客人，沒有員工，就這麼剛好，這麼美好，所有人都出去了，只有歐巴馬還在院子的角落趴著，大眼睛看著我們倆跳舞。

我們慢慢地跳舞，慢慢地旋轉，慢慢地靠近又遠離歐巴馬哥哥。我在音樂快結束的時候看著歐巴馬，他也看著我，我從他眼中看到了他的一生，我感覺到他要道別了，他的眼睛還是跟當年抱來那天一樣又大又圓。他的眼神卻灌了滿滿的人生軌跡。

歐巴馬在我離開北京兩個月後的清晨四點四十七分過世，他當時自己走出去，在一棵大樹之下趴著，安靜地趴著，就像睡著一樣，永遠地睡著了。

歐巴馬辭世不久，武漢疫情爆發，隨後一連串的骨牌效應，夜奔北京結束營業。歐巴馬是夜奔北京的守護者，他從第一天開始就是，他也是我的守護者，我想，如果沒有他，夜奔十年，我熬不住寂寞。他看到了我的未來，也看到了夜奔的未來，他結束了痛苦，搶先一步到天堂去當小天使了。

我收到消息那一天晚上，正要去看王瑀在台北的相聲演出。我想自己可以撐過去，我冷靜地壓抑自己，把情感壓住。

直到被問一句怎麼了？十年的壓抑，不捨，孤獨與難受，一口氣爆發出來，人生到此崩潰，我把一輩子的委屈都哭出來，哭到肺撕裂，哭到肝腸斷，哭到我忘了自己到底多久沒有如此暢快地大哭一場了。

眼淚流完之後，我才想起來歐巴馬在我們最後一次道別時，那個跳舞的傍晚，那個美麗晚霞的傍晚，他眼神裡告訴我的話：「謝謝你的一切，我很高興看到你有了新的人生。我要走了，但不會走遠，我會一直在天上看著你們，我會一直一直守護著你們的。」

愛要怎麼說出口？

有時候，一個眼神就說出口了。

蓋瑞特先生。

蓋瑞特是美國人，本名Garret Queen，馬里蘭州的一個小郡出生長大，沒有住過大城市。他的少年老成不只是個性，更在外型。年紀輕輕就頭頂稀疏，所幸保持光頭，反顯精神抖擻。他的家族姓氏是Queen，女王之意，在西方不算特別，但是在北京很多人看到了總以為他是什麼王室家族，我跟他眨眨眼叫他默認就好。

他是夜奔北京第二名正式員工，也是唯一美國籍的員工，工作時間十個月，二〇一一年的暑期開始，二〇一二年秋天離職。

蓋瑞特成長的記憶裡，家人朋友都沒有出國的經驗。據他自己說，他可能是自己生活圈中第一個申請護照的。美國很大，有很多公民一輩子都不想出國玩。他沒學過中文，沒有對中國有任何特別的感情，純粹只是想離開家鄉。大部分的美國人都是選擇去紐約或舊金山，遠一點去歐洲。蓋瑞特說他沒有多想就決定到北京看看，因為這裡離家很遠很遠。

他在雍和宮附近的青年旅社住了一個多月，個性很溫和，平常很安靜，不喜歡主動找人聊天。青年旅社來來去去好多人，他很少交流。盤纏用盡時，他本來考慮找一個英語補習班任教，賺點路費，但是看到我們的招聘訊息，就直接來訪。我記得他來的那一天，我剛剛從宜家回到客棧，當時剛剛開業，沒什麼客人，我還以為他是想要入住的旅客。他呆呆的站在大廳門口說：「我看到了你們的招聘訊息，請問你們雇用外國人嗎？」

我們當天吃餃子，不是現包的，是冷凍餃子下鍋十五分鐘。不好吃但是很頂飽，我請他一起吃，他吃了二十五個水餃，不吃大蒜，不蘸醋。

他一句中文都不會，講話也不慍不火，感覺沒有特別適合熱鬧的客棧生活，但是他很希望留在北京，他不在乎薪資高低，只要有住的地方即可。我說可以提供住處，但是可能要天天吃這種不好吃的餃子，他點頭答應，蒼老的臉出現一點點微笑。

他開始打工換宿一個月，我們也正式開業。一個月內，房間從全空變成一房難訂，第一年的客人全部都是外國人，沒有一個需要中文服務。蓋瑞特成功證明了不用中文也能在夜奔北京工作。第二個月開始正式上班，薪水再加提供吃住，他開始接手前台現金與帳目，直接管理房費收入。

一直到很久以後，都沒有人比他更會算帳，蓋瑞特是一個擁有日本靈魂的美國人，他經手的帳目乾乾淨淨，而且把各種項目整理得有條不紊，完整了我們初期的記帳系統。

他說他不喜歡跟人打交道，但是喜歡整理物品與項目，他享受看到事情逐漸條列化的過程，蓋瑞特是個處女座的會計型人才。

他雖然很不喜歡聊天，但是偶爾下班後還是會跟其他客人一起在大廳喝啤酒，聽聽客人的對話。很多歐洲人好奇，他們對於一個如此安靜的美國人在北京的四合院工作感到無比的興趣，但是蓋瑞特不太搭理，反而是我偶爾會胡亂編一堆故事來唬弄這些人。

蘇蘇是初期的另外一位員工，山東煙台的大姑娘，英語實在不太靈光，算帳更是一塌糊塗。每晚結帳時總是對不上數字，有時多有時少，山東大妞的個性有時候也在懶得查帳，經常自己掏錢補個十幾二十塊。後來蓋瑞特知道之後總是幫她算，每一次都能找出問題，幾乎都是蘇蘇自己粗心大意的原因。

他們兩個個性截然不同，初期的相處也不太順暢。

但蘇蘇有個相當厲害的本事，她喝了酒後能用三十％的英文加七十％的中文跟蓋瑞特聊天，語言摻雜程度之複雜，匪夷所思。蓋瑞特也很厲害，他反正不怎麼回答，就是聽，幾個月下來，蓋瑞特逐漸聽懂了蘇蘇的洋涇浜，也漸漸學會一點中文。

有一段時間蘇蘇好像談戀愛了，但是沒見過她男朋友出現。我看到她老拉著蓋瑞特幫她辦各種事情，蓋瑞特煩了，兩人吵了一架了。於是一個早班一個晚班，兩人老死不相往來。後來蘇蘇失戀了，不知道怎麼分手的，哭得死去活來，蓋瑞特陪她去三里屯喝酒，喝到凌晨。北京那個時候還沒有滴滴打車，出租車司機牛逼得不要命，在三里屯上車就要五十元起跳，看到蓋瑞特這種外國人有的更是開價兩百元。蓋瑞特什麼人，他在客棧工作的日子聽多了北京出租車宰外國人的故事，堅決不妥協。蘇蘇醉得不省人事，他後來心一狠，把蘇蘇從三里屯酒吧街一路背回客棧，走了將近一個鐘頭，第二天一早繼續上班。我是下午給他們上武術課的時候看出來他腿蹲不下去了，問他怎麼回事，他才全盤托出的。

武術課是第一年開始規定所有員工都要進修的課程，一週四次，當時還沒有書法與閱讀，純粹是靠練拳訓練員工心性。

蘇蘇一開始欣然接受，她每次上武術課前都很亢奮，要練氣功，要練內功，要練輕功。上了一個月的課後她只要上課就開始打哈欠，沒等到氣功、內功、輕功，卻等到了無聊的打拳踢腿基本功，而且每一堂課都一樣。後來蘇蘇發現只要說大姨媽來了，我就會說可以不要練習。最後蘇蘇每週都有大姨媽來訪，一次來四天。

蓋瑞特基本上沒請過假，他從最熱的夏天練到最冷的冬天，三十五度高溫到零下十五度氣溫。我以為他逐漸喜歡上武術，後來他說這是工作的一部分，沒有喜歡或不喜歡，答應了要練就要練。

蓋瑞特在客棧工作的後期中文聆聽能力進步得很快，但是他不愛講話，所以不知道他口語能力是否也有進步。冬天開始陸續來了好幾個打工換宿，都是中國南方各個城市的大學生，女生居多，他們對蓋瑞特充滿了好奇，這個看起來像大叔的二十四歲年輕人一開始給人感覺有距離感，但是相處久了發現他又很溫柔，一群小女生總把沒做完的工作拜託蓋瑞特大叔幫她們說情，蓋瑞特從不跟我說，自己乾脆俐落地幫她們完成這些打掃清潔的收尾。

二〇一一年的禮士胡同充滿了各種有趣美味的小吃店，後來在二〇一七年一夜之間被清除，相當可惜。最有名的一家是新疆菜館，每天晚上羊肉串賣到凌晨三點，距離客棧只有五分鐘距離。我經常打電話請他們店裡的新疆小哥幫我半夜送羊肉串上門，一串只要一元，一個晚上花一百元請一群客人吃羊肉串，當晚的啤酒銷量就能突破一千元，既熱鬧又實在。

蘇蘇也特別愛吃羊肉串，總是慫恿我多買一些，我也喜歡熱鬧，叫上大家一起吃也開心。有一次蓋瑞特語重心長地找我聊，他要我別在沒客人的時候買羊肉串，他聽到蘇蘇跟其他小女生說只要在客人少的晚上說想吃羊肉串，我依然會叫一大串來，大家就可以吃免費了。我聽了會心一笑，根本不介意這種事，但是他很生氣，認為這樣公私不分，不可取。

後來我每次在這種狀況叫羊肉串，蓋瑞特都會在旁邊給我使臉色，我只能叫他幫我多吃一點，害他氣得跳腳。

蓋瑞特通常在接訂單的時候都會關注是否有客人剛好在住店時過生日等事宜，有一次遇到一個叫 Annika 的德國女孩在下榻期間過十八歲生日，他暗中跟我商量是否要買一個蛋糕給她慶祝，我們後來搞了一個超大生日派對，全客棧的客人同樂，嗨到天亮。

另外一次是他注意到有一組訂單的客人來自美國，客人預訂名字叫 Happy Sanchez，這種名字通常是假名，而且是混街道的弟兄用的代號。我們猜這可能是惡作劇的假訂單，結果到了入住日真的來了兩個江湖氣很重的大哥，護照打開，名字真的就是 Happy Sanchez。二〇一一年北京還可以使用谷歌搜尋，蓋瑞特查了一下他的背景，驚嚇之餘也帶了一點期待。有關這兩位有趣的大哥，我以後再另行著墨他們的故事。

蓋瑞特很喜歡看書，他最喜歡晚上坐在大紅燈籠下面閱讀，我好幾次問他這種光線難道不會傷眼睛？他說他從來沒有在紅燈籠下閱讀的體驗，所以要把握機會。十個多月的時間他持續跟來往的旅客換書，一本一本換，一本一本看。有的時候大廳半夜燈火通明，各國客人酒酣耳熱，蓋瑞特一個人孤獨的坐在院子西北角落的紅燈籠下看小說，至今畫面依然深刻在我心。

林書豪在那年入選NBA，冬季比賽跟湖人的 Kobe Bryant 一戰成名，中國一夜之間瘋林書豪，人人都在討論籃球技術。北京很多大爺大媽急於了解籃球的規則與戰術。蓋瑞特在美國曾經當過國小籃球隊教練，有正規的籃球訓練。當時他跟來自湖北襄陽的打工換宿博文合作一起開了幾堂社區籃球理論課，紙上談兵加上影片欣賞，教導社區居民如何觀賞一場職業籃球比賽。一時間，胡同人人都會來一句「box out」或「pick and roll」，配上老北京特有的口音，每場比賽都看得老大爺們牛逼轟轟的，NBA 聯盟要感謝蓋瑞特在當年給北京居民撒下了一片種子。

有一次有一個九十歲的小老太太來訪，特別可愛，她一輩子沒喝過咖啡，我們請她品嚐一杯黑咖啡，她很時髦的要求加糖才喝。喝完之後舒服的坐在凳子上休息，這個時候蓋瑞特剛好回來，坐在前台準備上班，這位小老太太瞇瞪著眼睛看著蓋瑞特，問我這個外國老頭兒是誰？為什麼坐前台？

能被一位年過九十的纏小腳老太太叫一聲老頭兒，蓋瑞特福氣真不小。

一開始蓋瑞特是跟我說他只工作半年，錢存夠了就會走。但是他第六個月開始一個月一個月繼續，他都是在月底又決定再停留一個月，我們當然也不介意。北京當時買火車票沒有實名制，任何人都可以幫別人買火車票，蓋瑞特會在每一筆訂單的回信問客人是否需要幫忙購買火車票，他發現一個暑假下來，每十個人就有八個要訂北京到大同的火車票。

離職前，蓋瑞特想去山西大同看看，我給他帶薪休假，也幫他付了大同的差旅費，就當作是去考察。他住了兩晚，看了雲岡石窟、恆山、懸空寺，回來一句話回答：「大同是必須去的地方。」

夜奔大同的創立就是蓋瑞特這句話害的，很可惜他從沒去過夜奔大同。

蓋瑞特最後還是離職了，理由是他想念開車的感覺。他說如果不考慮其他因素，他很喜歡長時間開車，考慮過回美國當卡車司機，收入也會不錯。我知道他有其他原因要走，因為他跟當時的一位從台北來打工換宿的女孩談戀愛了。小情侶盡量避嫌，但我火眼金睛早就看出來了，果然在畢業不久後，他們倆就公開熱戀了。

幾個月後，小倆口一起把合照寄回夜奔北京，蓋瑞特笑起來不再像老頭子了。

煙台蘇蘇。

蘇蘇本名叫鞠華魏，很特別的姓，很大氣的名字。至於為什麼她要大家叫她蘇蘇，我自始至終都不知道，也沒有問過。感覺她的名字是在出生之前就取好了，男孩女孩都適合。蘇蘇是夜奔北京有史以來第一位正職員工，工作時間一年半。

夜奔開幕前很辛苦，當時什麼都不懂，承租了四合院之後開始裝修，同時著手申請旅館執照，二〇一〇年的北京法律有模糊地帶，四合院屬於民宅，旅館需要商業用建築土地，申請的過程錯綜複雜，一共耗費了六個月的時間才申請完成，當時房東知道申請失敗率很高，簽約時強制加了一項不平等條約：如果申請失敗，房屋立即收回而且房租不退，我們可以說是背水一戰。

後來意外申請成功，我們變成北京市內非常少數的合法四合院旅館。二〇一三年之後北京公司法更新，北京市的四合院不再允許再變更成旅館，夜奔北京的旅館執照成為東城絕響。

修法之後雖然不允許新的四合院改建旅館，但是允許現有的四合院旅館可以經營至有效期限。當年等待執照的那六個月，我們不能接待旅客，就慢慢準備開業，同時邀請一些朋友來居住。蘇蘇就是在那個時候來應聘的。她來的頭三個月，主要工作就是幫忙整理各種設備，佈置擺設空間。我同時開始訓練她的英文口語，每天給她上課。蘇蘇的三分鐘熱度是遠近馳名的。她第一週非常興奮，很敢開口，這對學語言很有幫助。但我後來發現她的大膽開口配上她大剌剌的性格，有時候也很讓我頭痛。有一段場景練習是訓練她給客人開收據的時候，要告訴客人收據有一式兩頁，我們留白色的那張，客人留粉紅色那張，退房時給我們粉紅色那張就可以領回押金。她不知道為什麼，對粉紅色（pink）一直記不起來，每次都說紅色（red）。我耐住性子告訴她要說 pink，不是 Red。她說好，會記住。

幾個月後，我有一次發現她給客人登記入住時，要給粉紅色的收據押條時，她一緊張就說：「You take the 粉 red paper to me and I give you money.」

她就是記不得 Pink，我也只能笑了。

之後的日子，她發現了這個訣竅，跟客人講話時只要遇到不會的英文單字，就穿插使用中文帶入，自發性的發展出了一套蘇蘇英語。說實話，大部分時候還真的行得通，客人也都聽得懂八成，真的不容易。

「I help you 倒 water to your 杯子，don't 客氣 me!」

「You want to eat 炸醬麵 you go to 地鐵 number 5 to 前門 station and walk and you will find 很多 good 餐廳.」

蘇蘇有她自己的方法避開苦悶的學習，不只是英語，武術上也是。

等待開幕期間，有一家台灣的老朋友，攜家帶口來北京玩，父母帶三個孩子，我曾經在台北教過他們武術，所以看到他們來玩很高興。二女兒當時習慣叫我黃老師，他們全家就跟著她叫，蘇蘇原本稱呼我黃老闆，但是我很討厭這個叫法，叫她直接叫我名字就可以，她不願意，有時候甚至叫黃總，更讓我受不了。後來她看到這群孩子叫我黃老師，就開心地跟他們一起叫。

從蘇蘇之後，一個一個來的人就跟前一個學著叫，我本來想離開了教學的崗位，就可以擺脫老師的名號了，沒想到被蘇蘇再次點燃，一直到客棧結束。

說實話，夜奔十年，我時時刻刻都想擺脫「黃老師」的叫法，但是事與願違。

正式開業之後，工作量開始變多，房間雖然還沒住滿，但是已經要為新人力準備了。蓋瑞特來得正是時候，他的到來完全彌補了蘇蘇式英語開始出現的捉襟見肘，接管了大部分的對外窗口。蘇蘇感到壓力減少，但是隨著入住率的提升，還是感受到工作量增加。後來蘇蘇邀請了她在煙台的髮小閨蜜衣寧一起來工作。衣寧是她本名，我第一次遇到家族姓氏是衣的人。

衣寧的到來，讓蘇蘇徹底放鬆，變成了另外一個人。她們兩個的相處極其有趣，據說她們是從幼稚園就開始同班同學，一路到大學畢業，兩人又是街坊鄰居，從小玩到大。衣寧是少女就有姨媽的樣態，特別照顧人。進入廚房就能弄一大盤一大盤的山東菜，就怕上桌吃不飽。後來的打工換宿都稱號她為「娘」。重點是好多人年紀根本比她大。

衣寧很照顧蘇蘇，有時候在旁邊看她們相處，有點像古裝劇裡的奶媽照顧少爺少奶奶的情節。蓋瑞特也發現了，他問我她們倆是不是情侶？我說不知道，中國的年輕人還不太確定是不是開始思考接受自己的性取向（當時）。某一個週日的早上，蓋瑞特上班，蘇蘇睡到十點起床，睡眼惺忪來到大廳，呼喚衣寧幫她做一份早午餐，培根火腿煎蛋等食物，再要一杯咖啡。吃完後說不夠，叫她再去買一份燒餅，嘎吱嘎吱吃完了，燒餅屑掉滿桌，蘇蘇吃完了就回房間繼續睡覺。衣寧彎腰用手幫蘇蘇把身上的殘渣拍乾淨，再去清理桌面的燒餅廚餘。蓋瑞特跟我互看一眼，我們都感到無比神奇，她們兩個真的很有戲。

衣寧的英語口語比蘇蘇更加簡單粗暴，她原則上能聽得懂六七成，但是一開口就結巴，有時候講兩句就開始咧張嘴看著客人傻笑，或者大叫一聲：「蓋瑞特，快來！」衣寧喜歡穿布質的長裙，身形圓潤，長相也很討喜，所以大部分客人都覺得她的反應很可愛，我們一直被客人們包容愛護，很幸運。

蘇蘇原本在客棧講標準的北京腔普通話（國語），但是衣寧出現之後她們倆經常用煙台腔的山東話溝通。北京話的字斟句酌消失了，替代的是那聽起來就豪邁但是很老派的山東對吼，我們聽不太懂，總覺得她們倆一直吵架。台灣各地很多老區有當年從山東跟著部隊的老兵，賣紅燒牛肉麵，賣烙餅饅頭，賣豆漿油條。廚房一忙，外場點菜時往內一吼就是這種口音，都是老頭老太對吼，我小時候聽習慣了，在夜奔聽到蘇蘇與衣寧這一吼，腦內啡釋放出牛肉麵、大餅捲牛肉等滋味，心情複雜又有趣，她們不知道我在笑什麼。

蘇蘇很迷戀刺青，幾乎到了痴狂的地步。她說看不起那種只刺一點點的人，她愛的是整個手臂都刺滿滿的，她說那個叫「畫臂」，但是講的時候總是帶她山東口音，聽起來像「花逼」，真的很狂，我總覺得她在繞著圈子罵人，但是我沒有證據。有一天讓她等到了一個比利時的旅客，個子不高，但上身粗壯，厚胳膊細腿腳，倒三角身體，右手刺了滿滿的圖騰，他夏天入住，經常穿無袖的衣服，一覽無遺的展示他的「畫臂」。

蘇蘇一看到就盯著人家的刺青。熬了兩天，總算在入住的第三個晚上靠兩瓶青島啤酒壯膽，跟這位客人聊起來他的刺青。蘇蘇style英語開了外掛，他們倆相見恨晚，聊到深夜。蘇蘇拿她的手機給人家照了好多照片，這位比利時男孩也很逗趣，擺出各種角度姿勢配合。退房時，蘇蘇學會了擁抱，那是我第一次看到她如此自然地擁抱一個客人。

擁抱這件事就是這麼奇妙。她之前看過我擁抱離別的客人，覺得無法接受。她的成長過程不存在擁抱陌生人這件事。比利時畫臂男孩開啟了她的擁抱之旅。她學會了雙手張開接受捨不得離開的人，那次之後，她經常擁抱捨不得的客人。

蘇蘇最後一次在夜奔北京的擁抱對象是蓋瑞特，離別時，她邊抱邊哭邊笑。

蘇蘇是一個感情豐富的人。

平谷陳辛未。

「你好，我叫陳辛未，辛未年的那個辛未。」

這就是他每次給人自我介紹的方式。這種方式在北京很容易讓人記得，在台灣就不一定了。

來自基隆的林怡君在打工換宿的第一天就認識陳辛未，當機立斷把自己的菜市場名字用天干地支命名法給自己取了一個江湖諢號：丁卯哥。從此以後，辛未與丁卯哥就經常穿梭在北京大小胡同裡找尋美國總統Obama。

陳辛未是北京平谷人，二〇一三年之前平谷還算半個農村，他家後面一大片山坡地都種黃桃，夏天一到就滿山滿谷的黃桃，吃不完也賣不完，年年如此。後來辛未想出了一個法子，用大蒸籠把採收的桃子蒸一遍之後再泡純糖水浸泡在密封的玻璃罐裡。桃子的食用期限可以延長兩年，糖水桃也更加好吃，他每年都會搬好幾箱到夜奔北京寄賣。有一年寄送了一批去夜奔平遙，姚尚德剛好趕上，大年三十晚上打開吃了一罐，甜透了他溫柔的內心，把冰箱裡剩下的都買回房間享用。

糖水黃桃賣了一年之後，大家建議他創立品牌，既然是自家後院栽培，親手採集醃製，如此清新自然的產品，為何不放在淘寶，變成秒殺商品呢？聚集在夜奔的群雄們都吃了一年的免費黃桃，聽到辛未要給自己產品取名字了，大家都一腔熱血來給意見。

「大桃王！」金重先生建議一部暗黑電影的諧音命名。

「人生可桃！」我也給了意見。

「桃寶！」上淘寶買桃寶！丁卯哥也出意見。

「桃太郎」、「蜜桃成熟時」、「桃氣阿丹」、「桃金時代」、「我想去七桃」……

大家開始七嘴八舌腦力激盪給意見，甚至幫他開始構思圖像設計、紙盒包裝、配送標語等等，辛未可能被我們這些來路不明的程咬金打亂了思緒，最終他決定還是自己取個簡單明瞭又接地氣的名字：「秋意濃」。還好這個名字只有在北京使用，在台北的話會有某政治人物的揮之不去的影像。

辛未是明達的大學同學，而且是住同一間學生宿舍的室友。明達就讀大四期間就來夜奔北京實習，所以畢業後直接來上班，他當時就有推薦陳辛未來打工換宿。後來陳辛未打電話到前台來應聘打工換宿，當天剛好是明達值班，我可以想像對話大概如下：

明達：「夜奔北京您好，Hello Fly by Knight Courtyard, Bonjour.」

辛未：「明達？how are you?」

明達：「辛未？怎麼是你？」

辛未：「明達，how old are you?」

明達：「辛未，怎麼老是你？」

辛未：「好了別鬧了，你不是叫我來打工換宿？」

明達：「明天上班。」

辛未：「得勒！」

明達平常不太喜歡講話，但是偶爾又會有很多小劇場與暗黑段子出現。他有自己獨特的一種幽默感，一般人不太能理解。他跟辛未倒經常出現讓我噴飯的對話，根本就是高級冷面笑匠，但是真的不是一般人能理解的。

辛未從平谷縣搭車兩個小時就到市中心，電話掛掉當天晚上就來，提了一個小行李。他來的時候其他打工換宿都是台灣女孩，他再次簡單介紹了自己。沒有人知道辛未年是哪一年。

「我九一年的。我不是叫辛未嗎？肯定九一年的啊。」

我再次目睹有些人的理所當然是其他人的無所適從。

辛未不算瘦，圓圓的身體常帶著笑容。一開始吃阿姨煮的飯有點不習慣，偶爾會指點阿姨火候掌控與鹹淡之間的拿捏，其他孩子覺得這男孩怎麼這麼嘴挑？幾天後他跟阿姨商量，今天他做午飯，阿姨去整理客房。辛未一早到朝陽門菜市場買了青菜豆腐、牛羊豬雞、高筋低筋麵粉等，花費不多，但種類齊全，開飯前一個小時挽起袖子一個人在廚房開始洗菜燉肉擀麵餅。中午大家放下手邊的工作一起回到大廳，辛未從廚房滿臉麵粉與汗水的結合，端出一盤一盤的美食，驚豔夜奔老小，原來這老小子真的是大廚。

辛未是大家庭出來的孩子，北京家庭不限制男孩進廚房，他從小對烹調有興趣，婆婆媽媽之間穿梭，學得一手好本領。從此辛未經常被台灣女孩們奉為上賓，中午晚上輪流點菜，只要買得到的食材，沒有辛未做不出來的美味。而且辛未自己也愛吃，每每做得滿桌飯菜時，大家都等辛未一句話準備開飯：「吃！使勁吃！」狼吞虎嚥之後就是杯盤狼藉，一般來說做飯的人不洗碗，但辛未很疼惜來自台灣各地的女孩，經常一起收拾碗盤洗鍋刷碗。

愛吃的人通常喜好各種刺激的味道，我是個貪吃鬼，但沒有辛未的手藝，只能庸俗地到處找好吃的，我愛吃辣，除了來自四川的何娟，其他人多半吃不了我喜好的辣度。辛未發現了，告訴我他也是重度辣醬使用者，北方孩子能吃辣的不多，我保持高度懷疑，覺得我的辣不是你的辣。

東四地鐵出口有一家文青麵店，是個老東四男人開的店。據說他愛玩音樂，家裡有點錢，原本想開pub，租下店面才發現DDC的69也在東四租下一間胡同裡的四合院要開音樂空間。這個福建來的69在地下音樂界的名氣響亮，他到東四做音樂，會吸引一堆神人來演唱，他就把這個空間改成麵店，取名「面對面」，橫幅：一個人吃麵的店；價位公道，空間明亮乾淨，吸引了大批文青前來朝聖，後來拓展分店，改名「麵總」。我們這種老一代的麵客還是習慣叫面對面，我去吃的時候常常是一盤肉醬麵，一份大辣紅油抄手，三顆滷蛋外加一盤酸黃瓜，一瓶北冰洋。一個人吃也能很愉快。

有一次就辛未一個人在店裡，我從外面要回去，告訴他別做晚飯了，我經過面對面順手買晚餐得了，我加買了兩份大辣紅油抄手，但是當晚我們倆只吃了一份，我問辛未這個辣度夠嗎？他說還行，可以再辣一點。

剩下的一份紅油抄手放冰箱，隔天中午吃飯時辛未把泡了一夜的紅油餛飩拿出來用平底鍋煎一下，我們倆同時意外地發現抄手的辣度火箭奔月球似的攀升，辣出我們一身大汗，辛未邊吃邊說：好辣好辣，好吃好吃，好辣好吃！新口味 gets！

從這天開始，我經常回客棧時買一份紅油抄手，放在冰箱浸泡一夜。辛未隔天看到就知道是加辣菜，廚房煎熱後把多餘的水分揮發掉之後放餐桌，基本上只有辛未、何娟與我會吃，我們每次都吃出一身熱汗。

有一次辛未說要炒辣椒油，是個大工程，要安排住客少的日子才做。我幫他看了一下房態，選擇了適合的日子。當天他準備了很多品種的新鮮與乾燥辣椒、辣椒粉、各式各樣的油，還有一堆我認不出來的中式香料。他戴了實驗室眼罩與口罩之後再三警告大家千萬不要在他出來之前進廚房，進去前有一種風蕭蕭兮易水寒的畫面。熱鍋涼油下辣椒之後，大家透過廚房的玻璃窗戶看到煙霧繚繞，辛未已經變成那個一去兮不復還的壯士了。

一個小時之後，廚房的密封門打開，好萊塢英雄電影般出場，辛未端出來好幾盆辣椒油，香噴噴火辣辣的味道嗆鼻又催淚，腳步聲有悲壯的節奏。不得不說，他自己熬製的辣椒油硬是比外面買的香，阿姨炒菜是放一點就提高整盤菜的層次。我印象中好幾個打工換宿的女孩走之前都請辛未製作一份一份的辣椒油，她們行李裝了滿滿的黃桃罐頭與辣椒油才上飛機。

我帶辛未去百米粒吃飯時，例行地點了一份臭鱖魚，辛未早就聽聞我說過這道名菜，表情很嚴肅的咀嚼。我本來以為他吃不慣這道菜，跟他說這個味道一開始可能不太習慣，多吃幾次就會好吃了，他說好吃好吃，他只是在品嚐這個醃製的醬料裡有什麼組合。回到夜奔北京之後，他拿一張紙把嘴裡的各種味道寫下來，再上網搜尋臭鱖魚的作法。幾天後他弄了一個小石甕，自己醃製了一條鱖魚，悶了好幾天，直到腐臭的味道瀰漫之後，他才掀開木蓋，在廚房自己做了一道臭鱖魚給大家吃，用上自己熬煮的辣椒油輔佐調味，好吃程度不輸給百米粒。辛未喜歡挑戰自己的味蕾，如果聽說什麼料理好吃，他就會想自己做做看，對他來說也是一種樂趣。

辛未對食物的好奇心在李俠的臭雞蛋面前達到巔峰，李俠每年秋天炮製的臭雞蛋真的沒有任何人敢吃，直到辛未出現，他能跟李俠一起用饅頭夾臭雞蛋吃，那種勇氣比梁靜茹給的還要大。

我一直以為辛未喜愛吃辣食，應該也會喜歡印度咖哩。朝陽世貿天階的商場裡有一家印度人開的恆河印度料理，masala 咖哩很濃郁，夠辣夠過癮，我有一次帶朋友去時叫上辛未跟明達一起走，他們倆吃完後說不習慣這個味道。我很好奇這麼喜歡美食的辛未怎麼會不喜歡味道多元的恆河印度咖哩，後來發現辛未、明達、何娟、李俠等人都從來不吃肯德基、麥當勞、Pizza Hut等風靡中國各地的西方速食。明達的理由是：「我從不吃那些玩意兒，根本不是食物啊。」這一批九〇後的中國年輕人味蕾還是非常熱愛祖國的，我多年來嘗試了多次帶他們吃異國料理，但是都改變不了他們的嘴。

辛未很聰明，屬於腦子轉得比身體快的年輕人，加上他講話字正腔圓，畢竟是北京長大的孩子，觀察力透徹，很快能揣摩出一個群體裡的動態。有一年韓基祥來訪，他離開台灣走走散心，到夜奔北京小住數日。我依照慣例不收房費，請韓兄開幾堂課給社區參與，他很熱心地分享長拳與擒拿手法。辛未當時已經從打工換宿便成我們的正職員工，知道這種課程是夜奔成員的必修課，從暖身就開始觀察課程的走向。韓兄介紹了幾種不同的基本擒拿手法，讓學員們配對練習，辛未看了幾次就記住了，稍微練習之後就開始協助指點附近來參與的學員，再練一段時間之後，他就爬到屋頂去給大家拍照。

我當時就注意到他記動作快，可惜身體還沒有拳術的根柢，知道了但是還沒真正做到。我鼓勵他在日後的常規武術課中經常來鍛鍊，把根基扎牢了會更實在，辛未聽得明白，但拳術並非他所喜好，難以為繼，我也不勉強。

除了下廚，辛未也很喜歡嘗試做各式各樣的小手工。客棧用品的日常消耗是常態，尤其是前五年的青旅經營，上下鋪床位、衛浴設備、公共空間的各種器具常常出現需要維修的地方，每次阿姨遇到問題，辛未都會一句：「阿姨別慌，我來了。」立刻動手研究解決問題。有一次有一個夥伴的 iPhone 螢幕摔碎了，本來要拿去蘋果直營店維修，辛未知道了，一句：「沒事，我來！」上淘寶買了一個 iPhone 副廠的觸控螢幕，再根據網上教學一步一步拆解 iPhone，安裝新的零件，過程相當繁瑣，他很樂在其中。修好之後手機完全正常使用，費用只有原本預算的十分之一，大家建議辛未可以去北京火車站天橋上擺攤：「祖傳手藝，什麼都會，什麼都修，什麼都不奇怪。」

辛未在夜奔北京打工換宿半年，轉正職半年，後來又轉回打工換宿。全職期間他拿薪水而且不用幹粗活，但是他更喜歡跟眾多打工換宿妹子們一起窮忙乎，一樣會幫阿姨煮飯，相對之下，他反而不太喜歡處理訂單等後勤事務，所以主動申請調回換宿身分。大同成立初期，有一段尷尬期人力不足，我請辛未留守夜奔大同，辛未當時迷上一種攻塔遊戲，成天成夜都在玩，去大同剛好符合他意，樓下就有七元一碗的山西刀削麵，夜奔大同空間舒適乾淨，可以放鬆地使勁攻塔，但他不知道，他離開期間，夜奔北京的女孩們都在問辛未哥什麼時候回來？好想辛未哥的手藝！沒有辛未哥我們的晚餐怎麼辦啊？

我當時成立了一個小的微信群，拉了何娟、明達、小段、雪晴、李俠、辛未等全職夥伴，主要為了方便交流工作，身為群主，我可以為這個群取個名字，本來想就叫夜奔，但是頑皮如我，必須在認真的生活裡放一點胡椒，所以把這個群的名字改成：「連夜奔逃」。他們都說名字不吉利，幹嘛要我們連夜奔逃？結果後面的日子我們幾個男生都輪流連夜奔逃了。

二〇一三年的夜奔大同全套傢俱設備都是在北京買的，我雇了一部巨大的貨櫃車拉貨，滿滿的貨物價值三十萬人民幣，我必須親自跟車，貨物超重，司機為了規避交通檢查，半夜十一點上貨，不走高速公路走省道，開夜車從北京到大同，一共六個小時。金重先生當晚突然說反正沒事，就跟我一起押貨，我們兩個人坐在大貨車司機的旁邊，跟著貨物上車。開出北京之後，司機師父開始猛喝咖啡加提神飲料，我們問這位大哥怎麼啦？他說剛剛拉完兩堂長途車，有點疲憊。金重先生與我互看一眼，都從各自眼中看出懼意，心照不宣地輪流跟司機聊天，避免他路途睡著，不然我們就跟著價值三十萬的貨物一起夜奔山西窯洞了。本來司機真的很累，聊著聊著我們才知道，他還不到五十歲卻已經當爺爺了。家族就一個小孫子，爸爸媽媽爺爺都努力賺錢給他準備未來，所以他這麼拚命開夜車。清晨六點之前安全到達夜奔大同，司機又花了將近一個小時卸貨，滿身大汗，我請他到夜奔大同的客房睡一覺，中午一起吃飯。老司機堅持要立刻趕回北京，下午還可以接活兒。

二〇一五年夜奔平遙要開幕，一樣添購了一車的貨物，我找到同一個司機，請他接貨，他一口答應，這次我不親自押貨，辛未請纓上陣，自告奮勇要陪同師父押車夜奔平遙。歷史重演，司機半夜十一點到達，上貨，午夜之後開出八達嶺長城高速公路。這次我預先提醒辛未這位司機可能會疲倦上路，辛未兜裡帶了數罐紅牛提神飲料與自己做的捲餅等食物，一路上跟師父聊吃聊喝聊家庭，北京的孩子就是能講，聽他說講講話就到平遙，一路順暢，司機師父依舊瀟灑，卸貨之後回馬槍就奔回北京，繼續接單，片刻不停留。

二〇二〇年五月，夜奔北京房東趕人，要我們三天之內全數搬離。我因為疫情卡在台灣，明達臨危受命，再次找到同一個司機。北京因為疫情管制，大部分的司機都不敢接活兒，這位爺爺司機一口答應來搬家。我們不知道他怎麼辦到的，沿路隔離檢查的關卡都難不倒他，晚上十一點再次出現在夜奔北京門口，明達說他用盡了俄羅斯方塊所有的招式，把夜奔北京的大小傢俱細軟全部塞到一部貨車上，高高的傢俱用大捆的草繩綁緊，重量與體積都明顯超載，明達與司機先生午夜上路，隔天一早到夜奔大同，連夜奔逃，中途沒有被攔截或隔離，安全抵達夜奔大同，實在神奇。

辛未其實一共只有在夜奔北京工作一年半，但是他經常會回來看大家，所以大大延長了他的存在感，後面許多新進換宿人員都是先聽過他的傳說，當某一個週末的下午看到辛未哥像傳說一樣出現時，總是滿滿的神祕彩蛋帶入感。辛未在夜奔三家店都穩定之後提出辭呈，他說要跟好朋友陳首文去創業。辛未有情有義，離開的時候是我們穩定的時期，我也詢問他創業的想法。

陳首文是一個影響辛未思想的人，他經常談論創業，互聯網思維、融資、風口等等口號，辛未還在夜奔北京時我就聽過他常來找辛未聊天，都在跟他講未來很快就要來到，要發財致富要搶在別人面前，互聯網創業是沒有天花板的，機會是給跑第一個的（我怎麼記得應該是給準備好的人？）。

當我聽到辛未要離開夜奔北京出去創業很高興，但是聽到是跟陳首文一起的時候就立刻擔心他。我知道他們要做的項目之後更加憂心，他信誓旦旦地說要開發一款共享資源回收APP，利用時下的互聯網環境、移動支付體系與共享思維，創立一個新的市場，目標是全中國。我聽到一大堆關鍵字，可是還是搞不清楚他們到底靠什麼盈利，所以我很土很直白的問一句：那這個APP靠什麼賺錢？辛未彷彿已經背好了台詞：「我們雖然表面上是讓用戶回收家裡不要的寶特瓶、紙盒等廢棄物，再燒錢補貼，但實際上賺到的是用戶數據，現在是大數據時代，真正值錢的不是錢，是數據，我們有了大量的用戶數據，就可以把公司轉手，到時候一輪二輪三輪的創投基金進來之後，做什麼都賺錢！」

我雖然經營客棧，其實也一直有關注中國各行各業的發展。辛未講的我其實都閱讀過，但是我知道那些是高風險槓桿操作，一萬個創業者能有半個活下來就該偷笑了，但是大家都認為自己是那個幸運之星，自己想到的肯定是別人沒想到的。

辛未把存款都拿出來合夥，他們請來一個自稱是高級碼農的自由接案工程師開發APP，程式還沒寫完就把錢燒完了，幾個月後辛未說創業失敗，主要原因是他們的夢想不夠大，不夠大的夢就吸引不了真正的天使投資。我有點後悔沒有藉這個機會跟辛未多聊聊創業，我心裡當時比較矛盾，我其實一直希望夜奔出去的人都能自己闖出一片天，失敗就失敗，他們都還未三十歲，有充足的資本讓他們買失敗。

創業失敗沒有打擊他太久，辛未很快就加入了「去哪兒」訂房平台的團隊，學習數位產業化之後利用金融槓桿做大的第一家OTA（online travel agent）網路旅行產業，二〇一六年的中國網路產業真的變化太大太快了，「去哪兒」從原本的第一很快就變成被併吞的命運，不久後就是攜程的手下敗將，辛未毅然決然離職，回家等待下一個機會。

辛未沒有沉寂太久，不久後就聽明達說辛未再次跟隨陳首文加入了一個團體，回歸到他的老本行：民宿。這次是一個自稱是有名的建築設計師帶頭，招攬了五個年輕人，包含辛未與陳首文，在中國各大眾籌網發起了項目，項目內容就是要把詩與遠方帶入民宿行業，也就是要購買者預先購買未來的入住體驗券，他們再拿錢去承租北京周圍郊區的老四合院，改造成農家樂民宿，完成之後投資者可以拿回盈利抽成，並且用非常優惠的價格入住。我看了一下這個著名建築師的資料，也詢問了一下趙小雨，沒人聽過他，我內心再次替辛未感到擔憂，但是覺得這次他不是自己掏錢，風險不大，但是他還是能體驗到創業過程的樂趣，就讓他去做吧。

這個建築設計師的設計功力如何我查不出來，也許很厲害，但是我確定的是他的口才很厲害，我上網看了一些他給自己拍的介紹片，滿嘴跑火車，我差點以為奧運場館是他蓋的，這麼有才氣有霸氣有理想的建築大師想要辦幾個鄉野民宿，肯定是好的，我都想掏出口袋的錢來眾籌了。果然在眾籌網開始認購不久後就達標，而且遠遠超過需要的金額，辛未很興奮地看著這一切，並且樂在其中，他問我可不可以用夜奔北京成員的名義在他們的官方網站介紹自己，我說可以用夜奔北京大總管的名號。

一切風風火火進行得很順利，開幕之後鋪天蓋地的媒體爭相報導，辛未忙裡忙外，眼見著成功就在眼前，認購的股東們也很開心，等不及要回收自己的投資報酬產品了。到了第一年冬天，事情完全顛覆了想像。北京冬天寒冷，許多山路都不好走，郊區的四合院取暖設備不足，入住率降到幾乎零。辛未很沮喪地說：我沒想到詩與遠方也需要光和日麗的配合！

兩年之後，辛未離開這家創業公司，他看到了挖東牆補西牆的實際狀況，但是公司對外宣傳依然一片大好，不斷發放各種美照與活動影片，推播各大節日訂房已經額滿的消息，要訂房的股東們明年請早，塑造了一房難求的景象，對於非節假日的低入住率隻字不提，行銷滿分，業務零分。辛未在夜奔北京期間看過我們處於三個城市的市中心，不分淡旺季，入住率基本上都很高，所以他當時直覺地認為這家郊區民宿也會有一樣的業績。他的這次經驗也讓我對眾籌一事提高警惕，後來不斷有人來說服我用夜奔北京的名義發起眾籌，擴大業務，我始終警醒看待這一切，回想起來，很感謝辛未的嘗試。

在外面闖蕩的經歷讓辛未沉澱了不少，年少氣盛的心情也沉穩了。我很高興無論如何，他始終會回到夜奔北京，跟我們一起喝湯、吃辣、玩魔方；踢腿、寫字、使勁吃。辛未是圓臉，是有福氣的面相。他最終回歸了扎實的民宿行業，在長城邊上，就一家店，沒有等不及要擴張，而是慢慢妥妥地準備開業。辛未還是會固定搬一箱一箱的「秋意濃」蜜桃罐頭來夜奔北京，放入冰箱寄賣。

我請明達寫一份產品介紹，本來是希望他用法語與西班牙語介紹，但是身為最熟悉辛未的好朋友，明達直接用英文寫了短短的一句介紹秋意濃：

Real peach, with real sugar syrup.
made by a real amigo: Charles Chen.

孤獨城堡。

我從二〇一〇年末開始一直住在北京，嚴格來說，是住在客棧裡。京城之地是非多，客棧更是風塵之眼，我沒有片刻停息，一直到二〇一三年秋天，夜奔大同正式啟動，我那年的冬天總算有了一個可以逃避的空間。

選擇在大同開闢第二戰場有很多原因，除了蓋瑞特之外，還有一個德國背包客Peter Ubersex（應該是這個家族姓氏，現在想起來很奇怪）。他很可愛，在夜奔北京住很久。他入住的第一天，蘇蘇打掃房間時不小心把所有的備分鑰匙圈遺忘在一個被反鎖的房間裡，沒有辦法打開。Peter 是德國的工程師，他很熱心地幫我們研究了一系列方案，後來用現場的器具製造了一個類似釣竿的器具，我們從房間頂上的換氣窗口把鑰匙串「釣」出來。大家一片歡呼，因為我們差一點就覺得要破窗而入了。

Peter 一下子就跟我們混熟了，他白天出去玩，晚上就跟我們一起吃飯、聊天，是個非典型德國人。他在客棧到底住了多久，我都不記得了，住到後來遇到了瑞士來的Sandra，一個溫柔漂亮的女孩，兩個人在客棧談起了戀愛，後來兩個床位房改成一個大床房，又住了一陣子，兩個人決定一起牽手去不同的城市遛彎，第一站就去大同。

他們離開了大概一個多月，之後Peter獨自一個人回北京，短暫的戀情結束了，Peter說他失戀了，他們沿路去了大同、平遙、西安、成都、重慶、陽朔、桂林，再從上海回北京。在上海時他們分手的，沿路算是過得很愉快。之後Peter就費盡唇舌要我一定要去大同開客棧，他給了兩個理由：一、大同的大佛是他醉心的場所；二、大同沒有一間像樣的青年旅社。

他甚至在回德國之後還念念不忘地持續給我寫信督促，問我到底有沒有打算去開客棧？

我去了大同好幾趟，看了大佛，上了懸空寺，走過古城，讀了Peter一封又一封的來信，最終決定夜奔大同，我從二〇一一年底開始考察，看房、設點、裝修、準備。我不知道的是這段時間也是周浩導演在此地拍攝紀錄片《大同》（後來得了金馬獎最佳紀錄片），大同爭議市長耿彥波正在天翻地覆改造這個城市，而且很快就要被調離大同市長的職位，造成驚天動地的後遺症。

總之，夜奔大同就這樣被半推半就的發芽了。大同這個城市很奇特，城區還是非常破舊，老胡同裡還能看到有牧羊人，老舊的區域裡有上百年的四合院，也有夯土圍城，但是一條街之隔就是非常現代化的商業區域，我在這條商業街第一排第一棟最高處成立夜奔大同，俯瞰這一切。

第一年夏天住滿了初來乍到這個城市的背包客，一如往常，我活在各國背包客之間，清晨五點多就有第一批坐夜車的客人到達，持續到午夜十二點之後，也經常有人按門鈴，有了夜奔北京的洗禮，我欣然接受這種生活方式。大同過完中秋之後就快速降溫，當北京還是秋高氣爽，氣溫保持在十五度左右的舒適範圍內，大同在十月底往往就奔向結冰的零度了，這個時候來大同的旅客就會快速減少，直到十一月，正式進入寒冬，遊客數量降到冰點。

那一年冬天是我第一次一個人在大同過冬。不，不是一個人，是一個人與一條狗，我的好夥伴 Obama 也在。北京的客流量還是很滿，我把大部分人力都留在北京，自己留守大同。當時我因為好久沒有一個人獨處，突然之間感受到天地之間的寧靜。夜奔大同的空間非常大，在一棟高樓層的二十二與二十三樓，我把大廳的樓層打通，變成一個六米挑高的巨大空間，地上鋪滿了桃木色的暖色系木地板，牆上的顏色是一個親密好友幫我挑選的，當時給這個顏色的定義是：少年武士的青澀。十月中，大同市就集體供暖，家家戶戶的地板裡就灌滿了市政府燒燙的滾水在屋子裡流動，二十四小時不停，房間內部被烤得暖烘烘的。大同的秋天空氣很乾淨，我不知道耿彥波之前大同的煤礦到底汙染了空氣多久，但是我很慶幸的在大同只有看過藍天白雲，我把書架放滿滿的書，我把想看一直沒看的小說都準備好，我在夜奔大同的空間裡第一次感受到一個人的寧靜。

十一月中，突然來了一組客人，四個在上海長期工作的美國人，臨時決定用一個週末的時間到大同遊玩，他們先打電話來詢問，美國中西部口音，帶一點東岸口語的尾音，跟大部分的歐洲人不一樣，美國人講話有一種開闊的爽朗。確定之後他們就訂機票，週五下班後四個大男生從上海飛來大同，我請王司機去接他們。

到達之後，他們非常驚訝大同外面這麼寒冷，但是室內這麼溫暖。他們身材高大，而且各自攜帶大小不一的啤酒肚，都穿海軍藍的帽T，兩個人戴紐約洋基隊的棒球帽，自我介紹的方式非常美國人，感覺一握手就是好朋友。他們剛剛入住就非常喜歡夜奔大同的空間，穿著襪子與運動褲就一人一罐啤酒躺在地上的懶骨頭海飲。其中有一個叫Brian的男子，臉上留著絡腮鬍，我覺得長相實在很面熟，忍不住問他我們是不是見過面，他聽了哈哈大笑，他知道怎麼回事，因為有太多人以為他是Seth Rogen，他說在上海的街上甚至有人誤認到跑來跟他合照，他也習慣了。他講了我才想到，確實長得很像！尤其是拿啤酒開心聊天的樣子。

Brian在上海是一家跨國企業的形象顧問，他自己同時也是業餘的攝影愛好者，他真的很喜歡這個空間，拿出了他的高級單眼相機幫我們拍照，並且把檔案都送給我，讓我自由運用。他們第一個晚上很開心，非常非常享受這種室內外溫差很大的環境。接下來的兩天，他們把該去的地方都去了，到了傍晚回到客棧，他們一直開玩笑說實在不想回上海，這裡太適合度假了，想一直住下去。

老天有眼，回應了他們的祈禱，當天晚上整個華北下起了大雪，一夜之間變天，狂風暴雪一個晚上之後，隔天早晨的新聞說整個大同的交通都癱瘓了，機場關閉，火車停駛，高速公路封路，他們四個人一臉慵懶地起床之後看到這個景象，像是撿到寶一樣的歡呼，分別打電話回報公司自己無法飛回上海工作，而且天公作美，這一場雪持續下了三天，他們每天都在客棧當趴趴熊，中午去樓下烤肉吃到飽餐廳，晚上有時候吃肯德基，有時候叫 pizza 外送，還好我在倉庫有大量的啤酒存量，他們每天都在落地窗前觀賞城牆上的大雪，醉生夢死，日月星辰。

他們非常熱情，看我一個人在客棧，pizza 每次都叫超量，我就老實不客氣被他們請客，大家一起吃，一起在大廳看電影，打電玩，胡亂聊天，累了就回房間看書，抱狗，我感覺在孤獨的大雪之中有著幾個陌生的好朋友，過得很開心。

大雪在第四天早上停了，烏雲散去，陽光普照，大地都是白皚皚的雪光反射，空氣充滿了被洗過的痕跡。我在二十三樓的一個房間看著窗外的這一切，感受到萬物美好。

地板持續被熱水燒暖暖的，我光著腳底板站在陽光下，感受到暖流源源不絕地從腳底湧泉穴鑽入骨髓，舒服至極。我忍不住想站樁，就把房間的床、桌、椅都搬到角落，把門打開，開始站渾圓樁。那是我記憶裡最舒服最安靜的一次站樁體驗，沒有任何不舒服，沒有任何想法，身體敏感又很清晰地感受所有，我進入了忘我的境界。

Brian的手機收到了飛機可以起飛的通知，他們要前往機場，飛回上海工作了。他在二十二層的大廳沒看到我，就沿著樓梯走上樓找我道別，我就在最尾端的大房間裡站樁，完全沒有聽到他的走路聲，我盡情地享受這份寂靜站樁。Brian輕輕敲了一下打開的房門之後，我才注意到有人來了，而且時間飛逝，從清晨已經快速跑到中午了，我嚇了一跳，身體有點需要慢慢復醒。Brian問我是不是在冥想（Medidate），我沒講過我練拳，就跟他說算是冥想吧，他開心大笑地說：哇，原來你是一個禪大師（Zen Master），難怪你有一個孤獨城堡（fortress of solitude）。

Fortress of Solitude是美國漫畫裡超人在北極的一個祕密基地，最早源自於一九三〇年的一本小說場景，這個名稱也被許多好萊塢電影或戲劇引用，但我當時從一個開心的美國胖哥嘴裡聽到，立刻愛上了這個說法。

冬天夜奔大同是我的孤獨城堡，我從那一刻就知道，我需要的孤獨寧靜，都可以在寒冷的大同，在溫暖的夜奔空間裡找回來。

夜奔李俠。

她在夜奔的時間不算特別長，四年未滿，卻充滿了傳奇。她是個女孩，但有男孩的氣質。她是北方孩子，但是有個南方師父。她心細如髮，思考嚴密，卻為了愛情迷失自己。她的身影充滿了爭議，但我自始至終都把她當自己人，她是夜奔北京的人，一輩子都是。

她本名李霞，河北石家莊人，那個殺不死的石家莊人。石家莊是河北的省會，地位等同二線城市，距離北京只有三小時車程，我為了武學書館去石家莊好幾次，每次都有一種莫名其妙地悲苦，石家莊的土氣在整個北方獨樹一格，建築物土，街道土，餐廳土，服裝土，人土，街上的狗都土。土裡土氣的省會，讓人常常忘記河北省除了擁抱北京，牽手天津之外，其實有個自己的領隊城市。李霞覺得自己的名字太娘氣，自我介紹時都用「李俠」代替，久了，大家都以為那是她本名。來自石家莊的李俠，有萬年青年旅社的範兒。

李俠在二〇一二年來應徵，她比何娟、明達晚三個月到達。那一年初，因為我的疏忽，夜奔北京養了小賊，令我感到悲痛，我對人性一度產生懷疑，幾個看起來乖巧的孩子，趁我不在家時作亂，吃盡穿絕。當時有個朋友安慰我，告訴我放下善惡，明天會更好。隨即就有何娟、明達、李俠陸續報到，他們都讓我重拾了對人的信任。他們也是夜奔北京之所以能成為良善之地的鐵三角。

李俠應徵時，穿著一身無牌的運動服裝，品質粗糙，服裝原本俗氣又豔麗的圖形被洗得灰白褪色，反而顯得樸素好看。她雙手放在褲子口袋，斜背雙肩包走進院子，等候面試。輪到她的時候，簡單詢問工作背景與口語能力，發現她曾經在當時號稱北京三大青年旅社都工作過，我們當時是個後起晚輩，還沒有在青年旅社圈打出名號，是個沒沒無聞的小旅社，我問了李俠為什麼會想到我們這裡，她回答曾經待過的地方，都是因為老闆有過人之處，第一家老闆懂藥草，第二家懂食療，第三家懂風水，她說我們有一件事情，是她想要的。我問她是什麼：她回答：拳。

李俠自己的說法：她家裡有中醫的脈絡，老家長輩都有傳統醫科背景，因為某些原因被時代拋棄，所以變成家族私密傳承。她自幼有讀中醫文字的習慣，會針灸，懂推／拿／按／摩四大領域，也會看天象。我問過她看天象也是中醫嗎？她說萬事皆是中醫。她講話總是充滿玄氣，簡單聊完之後，她說了一句：「你們會雇用我的。」說完轉身走人。

一週後，即使有許多優秀的選擇，我還是想用李俠，給她打了通電話，她說給她半天準備就可以過來上班。來的時候，我問她當時為什麼會留下一句「你們會雇用我的」這句話？李俠回答：「算過命，我一生會有七次轉折，通常都來自換工作。目前是第六次，這裡是我的轉折點。」神神叨叨的回答，現在回想起來，實在很李俠。

上班的第一週，她把前台的皮革座椅搬到倉庫，替換了一個無靠背的老榆木平板凳子。我當時擔心前台工作人員在電腦前工作時間太長，久坐不舒服，花了重金買的高級董事長椅，可以隨時調整靠背角度，沒想到李俠二話不說就替換了這個行頭，換來一張堅硬的木頭椅子。我沉住氣等她都安排好了之後給我一個解釋，但是她若無其事地繼續工作，根本不覺得有任何不妥的地方，交班的時候也不把椅子換回來，甚至告訴何娟與明達要坐這個凳子上班。有趣的是，另外兩位在輪班時也沒有任何怨言，繼續坐在老木頭凳子上工作。

一週後，我忍不住問李俠為什麼要換椅子，她看了我一眼，彷彿我不該問這種蠢問題，接著回答：「那種軟椅子久坐傷尾椎，木凳子養人，坐一天脊椎就直一天。腰椎瘦了就會起來走動，卸了力再坐回去重新養。中國的凳子沒有那種軟趴趴的東西。」

我啞口無言。

她工作上手很快，畢竟待過三家老牌的青年旅社，基本操作手法甚至比我們更熟悉，在有些細節上幫我們調整了一下，更加方便快捷。李俠做事認真，帳目乾淨，每天下班前點交現金時都會數三遍，確保金額與品項都正確才走。她剛上班不久，我們還在互相熟悉。有一天傍晚客人都出去玩，其他夥伴也都有事外出，院子裡就只有我跟李俠兩人，她提議我們早早把晚飯吃了，避免等會兒客人一股腦都回來就要忙碌。兩人吃飯簡單，不麻煩阿姨，她自個兒到廚房下麵，拍黃瓜，搗蒜末，挖點豆瓣醬、芝麻醬、醬油、醋，切點中午剩下的雞肉絲，飛快利索地弄出兩碗拌麵。我搬了一張木頭桌子在四合院中間，配上兩只小木凳，李俠端出麵碗時愣了一下，但很快就回神，把麵放在海棠樹下的桌子上，我擺了兩雙筷子，等她坐下一起開動。我們一碗麵吃到一半，天空打了一記悶雷，轟隆作響，聲音低沉鼓盪。李俠把筷子用力往桌上一拍，側頭歪腦，閉目聆聽雷聲。我有點納悶兒，怎麼吃麵吃一半變成這副德性？

聽了半晌，李俠突然張開眼睛，說了一句莫名其妙的話：「今年大旱！」她講這句話的時候，整個四合院就只有我們兩人，但她的聲音鏗鏘有力，彷彿是講給全世界聽的。我在那個安靜的空間中看著李俠，第一次感受到她的神奇。

原則上我是崇尚科學精神的人，也不相信毫無根據的民俗說法。聽雷能聽出今年的氣候變遷？那麼氣象局那些專家學者白混了，我大學室友 Ben 就是氣象科學系，我聽過他講無數次氣象數據的龐大與複雜，即使配上各種模型都很難準確預測。但是李俠聽了一個春天的悶雷就能預測一年的雨量？胡扯的吧？

結果當年中國北方嚴重缺雨水，到了年底南水北調計畫啟動，李俠給聽準了。

李俠初入夜奔時比較喜歡上早班，她是個習慣早睡早起的人，通常一大早就陪著阿姨掃院子。早班的時段雖然忙碌，但是都在三點就下班，那個時候也是許多打工換宿準備出去遊玩的時間。李俠有個習慣，會在大家出去之前告訴大家今天的天氣預測，每次都神準。我逐漸聽到大家開始稱呼她氣象大神。有一次一群人要去七九八藝術園區，我也打算跟風去看一看，出門前李俠攔住大家，說一定要帶雨傘。我們看了看天空，萬里無雲，一點點下雨的跡象都沒，大家說肯定不會下雨，不需要。李俠見狀，告訴我們如果是下午六點之後回來，一定會淋雨。我不信邪，覺得沒有那麼嚴重，興匆匆地出門去玩了。我們當天傍晚六點半回客棧，一群人都淋成落湯雞，大家輪流回宿舍洗澡換衣服。我徹底服了，晚飯之後把李俠拉到院子裡聊天，我問她到底怎麼做到如此神準預測天氣的，她再次用看傻瓜的眼神看我，然後從口袋裡拿出她的手機：「中國移動的天氣預報短信服務，一個月只要兩塊錢，固定發天氣短信到你手裡。」

我再次啞口無言。

當年秋天，有許多打工換宿的朋友從台灣陸續報到，一波一波的女孩子很興奮地感受到北方秋天的寒風，穿上了從台灣帶來的羽絨衣。李俠看了一段時間，開始執行她的計畫：睡前檢查她們每個人的腳踝。女孩們都很喜歡李俠，她們都說她有一種英氣，女生宿舍裡需要一位守護者。李俠檢查每個人的腳踝之後，都要她們晚上洗完澡之後立刻穿上襪子，睡覺也不准脫掉。李俠說北方的冬天，寒氣是從地上冒出，南方人不懂這個道理，上身穿得厚重暖和，但是腳底穿個拖鞋就來回走動。病從腳底進，秋天的寒氣容易從腳踝進入，一週後就會開始感冒風寒。為了預防大家生病，她每天晚上監督女孩們穿襪子睡覺。

「病從腳底入？」我再次內心掀起了掙扎。感冒是病毒或細菌感染，免疫細胞啟動之後的身體反應，這不是基本常識嗎？可是李俠再次挑戰我的認知。雖然沒有嚴格的對照組，但是幾個冬天下來，被李俠照顧的女孩子們的確是健康地度過了冬天。無論如何，李俠的名聲已經在每一屆打工換宿的輪替之中傳播了下去。

有次我找李俠閒聊天，她總是在一本正經工作的時候跟我閒聊，總有一種她才是老闆，我是那個偷懶員工的感覺。我跟李俠詢問她未來的夢想，她回答說夢想是小孩才有的，她的未來就是一個行腳醫師，又一個我聽不懂的名詞。李俠解釋：行腳醫師就是他們家族的使命，要到偏遠的山區，靠最基本的配備給當地人免費看病。我問她免費看病的話，那你的收入來源怎麼辦？她再次用一種疑惑的眼神看我：你到底知不知道行腳醫師是什麼意思？

我從來沒有不相信她的話，但我始終保持一部分的懷疑，因為距離現實總是太遠，李俠不太笑，基本上保持一種認真的眼神在過活兒，但是講出來的話有時候又很仙，令我丈二和尚摸不著頭腦。李俠還有一個神祕的特點，她只要看到有人拍照就會躲避，她說她不想留照片在世上，除了周潤發演的賭神之外，我看只有李俠會說這句話了。

李俠當班的時候都會先把當天的工作安排妥當，盡早做完。他有閒暇的時間就會坐在櫃檯看書，翻來翻去都是兩本看起來很舊的中醫典集，我從來沒問過她那是什麼書。有次我要短暫回台灣，臨走的前一晚李俠突然問我能不能幫她在台灣的舊書店留意一下中醫文獻。我在公館的二手書店逛了一大圈，把能買到的中醫二手書籍都給她買了，滿滿一大箱搬回北京。李俠開箱時樂極了，她說有好幾本都是她聽過沒見過的清末手抄本翻印，她問我這些書真的都能送她嗎？我反問她：你真的看得懂這些天書嗎？

李俠加入夜奔北京之後很認真練武術。她說高中的時候有在老家學過莊稼把式，說不出名字的土拳，壓壓腰踢踢腿什麼的都有。我看了一下動作，典型北方長拳旁枝，有一些腰腿的基礎。但是她說後來她「雲遊南方」時為了一件事情在廣州拜師學藝，有一個磕頭的師父，師父教的是廣州詠春十二手。我問李俠能不能給我看一下她的小念頭，她說師父不在她不能打，後來又說她不應該跟我說她練詠春，神祕兮兮的，我也就不多問了。我問她當時為什麼會想學詠春拳，她思考了一下，有點難言之隱，不直接回答我的問題，後來又說沒有學詠春，拜師之後還沒來得及練功就走了，我問為什麼走了？她說去學針灸了。

她說她原本就會家傳的針灸，但是在南方遇到一個推拿師父，海南島人，在廣州開設腳底按摩館，練陳家太極，針灸手法很特別，她為了學針灸暫時放棄學拳，她師父表示理解，說時間到了會追上來教她武藝。追上來教她學拳？我聽得入神。

李俠跟我說這些事情的時候都剛好沒有旁人，但是她表情又非常嚴肅，彷彿在講一件武林的祕密。我自己是練拳的，拳界朋友也多，但是李俠講的彷彿是另外一個世界，我知道武術圈子是如何運作的，也知道所謂的武林是怎樣的一個存在。但是李俠的人格特質讓我懷疑是否缺少了一部分的認知？李俠在大學時是讀電腦編程，我第一次聽到感覺非常反差，我怎麼都沒把她跟電腦程式猿連結在一起，直到有一次電腦大當機，客人等著我們退房，李俠二話不說從 bios 直接找出問題，解決緊張刺激的開機問題。

二〇一二年的冬天來臨時，李俠開始在室內站樁。至少我看出來她在站樁。當時我們還沒有鋪設地暖，夜奔北京還是在第一階段，取暖靠的是牆上懸掛的老式暖爐，當時午飯過後是最容易懶洋洋的時段，客人都出門，房間基本上都整理好了，大廳也清掃完成，阿姨有時候會蒸一些糕點，大家配熱茶取暖。當時許多打工換宿的同學都會在這個時刻站在最暖的那個暖氣附近烤屁股。是的，冬天最享受的事情之一就是把身體最大的肌肉群貼在暖暖一大片的暖氣上，感受暖流逐漸進入身體。大家也都擠在一起，屁股貼暖片，手拿一杯熱茶或咖啡，水蒸氣繚繞。

這種暖氣烤屁股的溫馨感，也只有在北方的傳統院落裡能感受到了。

只有李俠不一樣，她不站暖氣旁邊，她喜歡一個人站窗邊。窗邊雖然沒風，但是北方的冬天有寒氣，隔著玻璃會一波一波輻射進來，室內雖然比較暖，但是寒氣打在身上還是不好受。

我當時觀察了她一段時間，發現她雖然收斂腳步，但還是在站樁，除了二字鉗羊馬之外，她也站形意拳的三體式。她站高樁，手勢有隱藏，但還是一前一後，沉肩墜肘，掌心也捏空，尾椎的位置很明顯是練過的人，不知道她在藏什麼？李俠當時已經入職一年了，我沒見過她練私功，這東西哪裡來的？我猜不出來。

我沒在中國北方生活之前，沒想到冬天可以如此寒冷。以前在台北練功，夏天站樁十五分鐘能出一身大汗，濕透後背，冬天站樁也是渾身熱透。北京的冷，是物理的冷，但是持續不斷的寒氣逼人。在北方冬天站樁身體產生的熱量絕對不夠抵抗持續不斷進入身體的冰寒，這是我在北京第一年冬天就學到的教訓。為什麼正兒八經的北方拳種都有一堆大開大闔的基礎動作？別的不說，彈腿十路踢下來就是超級發電機，先把身體各個關節都開機，然後基本上是上上下下左左右右ＡＢＡＢ的活蹦亂跳，快速燃燒脂肪變成熱量，否則在天寒地凍的氣候真的無法好好練拳。

所以李俠靠站樁取暖，我總是覺得有些玄妙，我決定直接問她，難道大冬天的站在窗口旁不冷嗎？你不是研究中醫，怎麼不好好照顧自己的身體？李俠看看我，默默地從她衣服內袋拿出一個暖水袋，裡面灌滿了熱水。我笑了，她也笑了，說我們真是沒住過北方農村的一群城裡人。

有次李俠坐在陽光下看著自己的手，看了好久好久，我注意到了，跑去問她在看什麼？她說在研究一個古人留下來的祕密。我一聽樂了，又是李俠特有的回答。我問她是什麼祕密？她說一個人的手掌，就是一個人的身體。有點莫名其妙的回答，我本來想再問，李俠突然把手掌給我看，她說：「你看，當五個指頭自然合併時，最放鬆最自然的狀態就是一個弧度，這個手掌內凹的曲度就是這個手掌主人脊椎最自然的狀態。當我一直想著自己手掌內凹的念想，久了就會投射在自己的身體上，黃老師，咱們站樁找的就是這個對吧？」我問李俠這是中醫古籍裡面的記載嗎？她說是自己想出來的。

有段時間我們突然陸續入住了好多日本客人，都是獨立的女性背包客，非常有禮貌，也很熱情，住久了都變成了朋友，常常跟我們一起吃飯，喝熱茶聊天。等她們都走了之後，有次飯桌上大家七嘴八舌聊起來那幾個日本女生，都很開心，李俠突然說一句話：「為了準備未來可能還有日本客人來，我想教大家講幾句日文。」

李俠還是一樣，講話的時候表情非常認真，大家聽了很訝異李俠竟然會日文，完全出乎意料之外，我們一群人鬧哄哄地要李俠講兩句給我們聽，李俠還是一本正經的表情，放下碗筷，告訴我們說日文的訣竅：她說，你們下次看到日本客人，就說這幾句話：「土豆哪裡去挖？土豆地裡去挖！一挖一麻袋？一挖一麻袋！」

說完，哄堂大笑。我第一次知道李俠會講笑話。

隔年春天，李俠給魚堅強命名，並且開始細心照料，她跟金重先生連年把魚堅強從冰塊中挖出來，開啟了人不堅強魚堅強的精彩人生。夜奔北京的武術課程同時開始對外開放，三皇炮捶的劉異老師正式成為我們的武術總教頭，我跟劉老師密集討論應該如何安排課程，設計給適合長期練習也能讓初級接觸的同學一起體驗。當時劉老師事業剛剛上軌道，時間還沒有特別穩定，他不能出席時我就會教課。二〇一三年時除了劉老師，我也招攬了山東武術隊的楊德戰老師、武當山武術學校的張老師等人，大家輪流教學。為了教學統一，我會固定陪伴新老師們教學，每一堂課會獨自教學大概半小時給予示範，方便討論我們教學的風格與理念。山東武術隊退役的楊老師從小苦練身板，但是姿勢動作與眉宇之間總是自帶過多的京劇範兒，跟傳統的落地生根不太一樣。所以我有時候要從最基本的動作發力原則帶領。

李俠會在我講最基本的觀念時最專心。有一次我講了後背撐拔的概念，我當時說了一段話：「嚴格來說，傳統武術不講究『拉筋』，而是注重『撐筋』；不講究『延展』，而是『拔骨』。後背脊椎的節節撐拔是一個典型的功法，意念的鋪展很重要，我思故我在，撐筋拔骨兩三年。」

下課之後，李俠若有所思的在發呆，晚上她跟我說：「黃老師，我今天才發覺你懂得東西不比我師父少，我覺得你們倆應該見個面。」

李俠每次提到她師父的時候我都有一點點懷疑到底有沒有這個人？李俠的風格太特殊了，所以我很難評判她到底是不是認真的有一個磕頭拜師的師父。當然，我內心也很期待有一天會有一個世外高人出現在門口，仙風道骨的白鬍子老先生說要來領回他的愛徒李俠。

李俠練功是很認真的，但是她經常若有所思的在想事情，總感覺她心事重重，有一次明達神祕兮兮笑著說：李俠有祕密。我心裡想，這個院子誰沒有祕密？你吳明達的祕密可以多呢。明達接著說：「李俠有兩部手機，一部公開接電話，一部總是祕密接電話。我琢磨了一陣子，總算看出端倪，李俠應該是中央的特務，派來觀察胡同生活的。」明達說完自己瞇著眼睛笑，說肯定是這樣，一切謎底都解開了。

二〇一四年的耶誕晚餐，我們邀請了北京的歐洲學校的師生，他們有幾位老師是我的好朋友，我們一起策劃了那天晚上的聚會。當天晚上李冉表演雙節棍之後，熱鬧非凡，學生們開始在老師心照不宣的狀況下默默喝了一點紅酒，有一個義大利女孩喝得太快了，酒勁上頭，突然感到暈眩，李俠與李冉見狀，把她攙扶到女生宿舍去休息。我當時還在大廳招呼客人，李俠怕我擔心，離開大廳時看了我一眼，說一句：「別擔心，有我在！」

李俠說這句話的時候很堅定，讓我放心。

半個小時之後，那位義大利女孩很有精神地回到會場，繼續吃蛋糕，然後隨著音樂搖擺身體跳舞。我問李俠怎麼做到的？她跟李冉對視一笑，說她用了民間療法。我問什麼民間療法？給他喝醋嗎？李俠說農村老法子，酒勁衝腦門時，用針扎手指放血即可緩解。我嚇了一跳，問李俠真的拿針扎了小女孩的手指嗎？流血的傷口有沒有消毒？感染怎麼辦？以後不准在客棧給客人隨便扎針了。

李俠覺得我大驚小怪，手指放血稀鬆平常，我真是少見多怪。

我還是很擔心那個義大利女孩的狀況，先跟帶隊的老師講了狀況，也解釋李俠說這是他們農村的民間療法，老師們看了孩子的手指，流血的地方基本上已經癒合，也已經消毒完成，都說沒問題的，孩子們既然住北京上學，就應該要體驗一下北京的生活方式，包含放血療法。李俠笑咪咪地說，如果還有誰不舒服可以找她。

李俠的飲食習慣基本上維持北方農村特色，菜多肉少，粗糧麵食，油鹽不拘，粗茶淡飯，相對是健康清爽的，唯獨她的臭雞蛋，不可言喻的臭。臭雞蛋不是罵人的話，是真的有一道料理，就叫臭雞蛋，類似臭豆腐、臭鱖魚。李俠說那是他們老家獨有的。李俠做各種事情都很喜歡按照日子時辰來進行，臭雞蛋絕對是其中的標竿。她說臭雞蛋的要求很嚴格，必須要在每年入冬之前，下第一場大雪之前的那場大雨開始醃製。首先要選取上等新鮮雞蛋，洗乾淨蛋殼之後在太陽下曬乾，之後要用「一年之中最後一場雨」的雨水混合清水與鹽巴泡製，泡製時要用大缸瓦密封，上面壓一個大石頭，放在廚房的角落。李俠說的廚房不是室內的現代廚房，而是老平房半室外的廚房，在冬天的時候基本維持冰箱的冷度。經過一個冬天的熟成發酵之後，蛋白質已經完全凝固，在春天開封準備食用。李俠第一年製作時，人人都很好奇，各自拍胸脯保證一定會嘗試她的家鄉料理。等到真的聞到那股濃烈奇妙的味道之後，我們避退三尺。李俠的臭雞蛋非同小可，真心不知道如何下嚥。我們看她迫不及待地把臭雞蛋剝開，用小勺子挖出濃稠的蛋黃與蛋白，抹在熱騰騰的白饅頭上，熱氣一烘，整個屋子瞬間充滿了腐爛的蛋白質氣味。除了陳辛未，沒有人成功挑戰過臭雞蛋。

連續三年的冬天，李俠在醃製臭雞蛋時，都能準確預測哪一場雨是下大雪前的最後一場，這一點可不是什麼手機預測短信能告知的，至今令我百思不解。

李俠在宿舍裡是出了名的抗凍耐熱，令人尋味。她對身體總有自己的一套理論，貌似從中醫理論出發。首先是「春焐秋凍」，每年春天來臨時，大家總是等不及把厚重的大衣收起來，準備春裝出遊。李俠會在這個時候敦促大家把厚外套多穿一段時間，即使清明之後明顯地變熱了，厚重衣服穿不住，她本人也會以身作則，總說這個時候身體比大地的反應慢半拍，不能太快換季。相對地，到了秋天後期，大家陸續把貼身保暖的秋衣拿出來準備時，她也總會叫大家再熬半個月，讓身體先「凍一凍」，提前準備過冬，身體才不容易養病。「太早穿暖，身體會搞不清楚冬天到底什麼時候到達。」李大俠經常在冷颼颼的秋天早上如此提醒大家不要穿得像粽子一樣出門。

「夏天不吹冷氣」也是李俠名言。她從來不解釋為什麼，但就是有辦法說服大家不開冷氣。北京夏天不長，其實真正熱起來也就十天半個月，而且到了傍晚就涼爽。歐美住客是忍受不了一丁點兒的不舒服，所以李俠的容忍度就在早餐之後達到了頂端。通常十點半到十一點之間入住的客人都會離開客棧出遊，這個時候李俠就會拿起遙控器把整個公共空間的空調都關掉，讓炎熱的燥氣進入大廳。她經常唸叨這些外國人青春短暫，青春期一過就立刻顯老，就是因為天天吹冷氣，喝冰水吃冰棒害的。我聽她講多了，有時候都忘了基因定序工程已經初步完成，人種之間的差距也計算完成了。但李俠與李俠定理還是很有說服力。

總之，李俠的各種理論說服了客棧所有的人，我也只能從善如流，跟著大家一起在炎熱的夏天，坐在客棧的大廳，汗流浹背地喝溫開水，吃熱湯麵了。

行腳醫生。

有一年的十一月底，我在午飯後跟金重先生幾乎是例行公事地溜達到東四北大街的85℃，買一杯熱咖啡配蛋黃酥，我們倆坐在店裡看著來來往往的人群進出。二〇一二年85℃還能在北京算得上一個角兒，靠著自身名氣能吸引不少人進來朝聖。我們常能看到北京胡同的老太太進來看了半天後點一杯咖啡，喝了一口就喊苦，說這咖啡怎麼酸了？觀察這些人生百態是金重先生跟我當時的樂趣，所以幾乎每天中午飯後都會去。

有一次喝完咖啡後回夜奔北京，推門進去時看到李俠與兩位陌生人坐在客棧大廳聊天，我當時以為是住客，不以為意。李俠突然站起來，指著其中一位說：「這位是我磕頭的師父，詠春拳高手廖永泉先生。」

那是我第一次次見到永泉，第一眼的印象溫文儒雅，滿身儒生氣，微笑之中帶了三分謙遜，身形不高，腰板端正，雖站如坐，站姿有正襟危坐之感。站在他身邊的是另外一位武術圈的朋友，耳聞是形意拳高手，永泉說是他形意拳的師父，對方卻拱手說不敢，跟永泉兄弟是平輩交流。

原則上我是一直避免這種武林間的人際交流，我有我做事的原則，但是永泉的氣質讓我感到舒適，當天我們就互相以武術身分交流了，而非客棧主客寒暄。

廖永泉先生從小浸淫在南方拳的環境，專門研習廣州詠春拳，弱冠之後潛心學習佛法，印證身心。永泉也經營茶館，複合經營，結合茶館，武學，靜坐，身心講堂等。認識永泉的那段時間，他正在積極學習安般太極拳，不過我當時並不知道此事。永泉相貌與氣質皆儒雅，廣受年輕學子喜愛，廣州的許多文藝雜誌經常採訪他，在大廣州文青圈中頗具名氣。

《南方人物周刊》專訪他時，標題總是：「儒雅拳師」。

「廣州老西關人，師承阮奇山一脈廣州詠春，十二式功底。不同於流行的葉問一系詠春。」

廖永泉來找李俠，因為他從三個不同的武友都聽過北京有一個夜奔，夜奔有個院子，是留給武術人的。

我跟廖師父一見如故。說不出哪裡投緣。隔天我請他幫我們上一堂課，永泉建議，不如我們一起教一堂課？我說，李俠是他的學生，我沒扳過她架子。只是因為要求所有員工都要練武，故讓他跟我們一起練拳腳。

永泉說無妨，李俠拜師三天後就赴北京，尚未學藝。

原來如此，但畢竟還是拜師了。

我跟永泉一起教課，我用北拳講脊椎，他用南拳講腰胯。課程配合得剛剛好，彷彿說好的流程，李俠有個好師父。

接下來兩年內，廖永泉保持每半年夜奔北京一次。每次三五天，有時候來做廣東小炒，有時候帶南方茶葉來合飲。每次走之前我們聊一下拳理與最近拳術界發生的事，也會互相贈送武術界出版的冷門書籍。李俠是我們的話頭引子。

平淡如水卻回甘。

三年後，李俠拳術沒有進步，我們都只給她理論基礎，沒有教實際操作。因為都看出來她不是學武的料子，只有一顆好奇之心。

我卻透過永泉知道了一些事情。

✧ ✧ ✧

二〇一六年春，有一位年長的先生沒有訂房，直接走進夜奔，希望能住一間單人房。當時沒有房間了，他入住給年輕背包客準備的上下通鋪。入住用的是泰國護照，姓名都是泰國拼音，老先生卻講得一口標準老北京腔調。

住了七天，除了中午出去吃飯，他都一直在院子中來回散步。每日傍晚，他開始行拳。練的是太極拳，練完後會打坐，一坐一下午。

他練拳時，我迴避。但還是忍不住透過監控看了一下。貓步走的很穩重，轉胯時也很整。不太像普通人。

第四天晚上，夜奔的人員自己在院子練拳，練第二路彈腿。他看著看著問小女孩可不可以一起學，小女孩說可以教他。

一個教，一個學。小女孩一直說，不對，出拳要發力，不能軟綿綿。踢腿要有勁，不能慢吞吞。許多客人在旁邊看，莞爾一笑，一小一老很逗趣。

我把影片錄下來，給台灣的一個老師兄看。微信那頭，果然跟我猜的一樣，他也認為這個老先生的腰胯扭轉得太整合了，雖然外型看起來笨手笨腳。

第六晚，我給廖永泉發了老先生的照片。永泉大驚，這位是他新拜的師父。老先生是老北京人，年輕時不知道發生了什麼事，變賣了所有家產，搬到泰國邊境。當時協助了很多泰國難民，後來泰國政府頒發給他榮譽公民，他放棄中國護照，在泰國隱姓埋名過日子，同時潛心向佛。

幾年前，中國大陸地區開始流行了一種新的太極拳種：安般太極。創辦人鄧文平先生，出版過一本《太极内功的奥妙》。我書櫃上有，贈書人廖永泉。

泰國老先生就是鄧文平，只是拋棄了中文的姓名。

按照永泉的說法，鄧先生為人低調，我沒有刻意相認。他退房當天我邀請他跟我共用午餐，他說不用客氣，這次就是聽了永泉提到數次才來北京小住幾天。安般太極近年在網路上名氣很大，沒想到掌門人如此和氣謙虛，雖然五年來在夜奔見過許多人，但還是平淡中帶了一些喜悅，能人還是存在江湖四處。

✧ ✧ ✧

李俠突然離職，音訊全無。

走得突然，我與永泉在上個月碰面，互相的第一句話都是：「你有李俠的消息嗎？」

原來我們倆都不知道李俠的去向。手機銷號了，微信註銷了。

一週後，我們的律師傳來一個短信：公司商標被註冊了，註冊人是李霞。對方聯絡律師，要價十萬買回商標專利。

我不相信是李俠會做的事。打電話到她家，她妹妹接到電話一口咬定姊姊不可能做出這種事情，同時告知已經有半年沒有聽到姊姊的消息。

我們唯一的消息是，李俠消失了，朋友找不到，家人找不到。但是大家都相信，她不是壞人，卻有一顆可能被壞人蠱惑的心。

律師建議，付錢了事，社會險惡，他們看過許多案例，人心難測，為了金錢與利益，任何人都可能變質。

但我們堅信李俠不會，不是我一個人，而是集體的認知。我當時飛一趟廣州找答案，去找永泉，她的磕頭師父。

到了廣州，見了廖永泉。認識這麼多年，第一次去廣州拜訪他的武館，主客互換，換我當一次遠客。廣州老城正中心，舊時的大使館區，琳琅滿目的各國建築。

原來永泉的武館白天是茶館，晚上移開座椅，學生來練小念頭。廣州四處都有茶館，一人茶資五十元到九十元不等，一壺老茶泡一下午。廖永泉師父的茶館設置了蒲團與詠春木人樁，別具風味。武館賺不出房租，茶館名為輔助，實為主事。

中午十一點開始第一泡，福建紅茶，三冲三洗之後，我們開門見山開始談正事。

我把李俠的事情說了一遍，口吻還是平淡，不帶一點情感，濃郁的紅茶讓我心靜如水。天氣炎熱，永泉要開冷氣，我制止了，茶館沒其他客人，我們不如喝茶喝出一身汗。他心裡明白了，等下我們要活動手腳，免了暖身禮。

自從當年開放外國人入住北京二環內之後，北京市就有四家客棧，十多年來一直非常有名，分別是北平小院、團圓客棧、紅燈籠客棧，和凱利家。這四家分庭抗禮十多年，在各種排名上爭取第一。北平小院的主人是青海女孩，愛花如痴，空間裡面佈滿花草；團圓客棧老闆喬老爺子，據說是杭州文人，好素食，生活講究，喜歡北方文化而到北京定居；紅燈籠客棧是山東老闆，一年四季張燈結彩，隨時有嫁女娶媳的氣氛；凱利家是唯一的北京原住民，家傳一座四合院，他們是北京早期的有錢人家，女兒在國外拿到設計學位之後，回京開客棧，最北京的傳統，最西方的裝飾。十年來，訪京的各國人士爭相預訂這四家客棧。

夜奔北京二〇一〇年加入，後生晚輩入場，低調行事。只有兩件事我們堅持，第一，空間是正統的北京四合院，絕對不妥協做任何更改；第二，全體人員練武術。就此兩點，我們也立足北京客棧領域。

按照永泉給我的資訊，原來李俠來到夜奔北京之前，曾經在喬老爺子的團圓客棧工作一年，停留期間跟他吃素，並且研究食補。之後在北平小院工作一年，跟隨北平小院的老闆學習花草樹木，以及熟悉客棧的各種業務。永泉是在北平小院認識李俠的，當時永泉住在北平小院與另外一位朋友談論拳術，李俠聽到後就詢問詠春拳，並且在同年年底南下廣州拜師。拜師三天後即告知要返回北京，後來才知道是來夜奔北京面試。

在夜奔北京工作時，李俠每週休假時都會消失兩個晚上，不住在員工房，手機也關機，三年來一直如此，沒有特例，沒有人知道她去哪，或做些什麼。聽永泉敘說了才知道，李俠有個同性伴侶，一個北京的女孩，名字叫種靜。種靜有先天糖尿病，並且每天要使用胰島素，無法正常生活與工作，這些年來，李俠一直在照顧種靜。李俠是河北傳統家庭出身，曾經告訴永泉，她永遠無法公開面對自己的性取向。離職前半年，李俠曾多次找過永泉，當時她希望能在中醫、武術、或食療裡找到有關根治糖尿病的可能，但是徒勞無功。永泉最後一次跟李俠見面後，種靜給永泉打了一通電話，口氣蠻橫，警告永泉不要再對外宣稱李俠是他的學生，並且不要再試圖說服李俠改變想法。

「改變想法？」我問永泉這句話是什麼意思。他說，李俠當時跟他聊了很多奇怪的賺錢點子，大部分都是不切實際，甚至不合乎常理的，而且李俠的口氣很急躁。

「當時，我應該多問問李俠是否發生了什麼事。」永泉這麼說。

我們最後猜想，李俠應該是希望在京城這幾家比較有名的客棧中生活，找尋能照顧種靜的方法。客棧人來人往，皇城腳下，奇人異事也比較多，碰到的層面也廣吧。只是不知道她現在怎麼了。

當我還在想著李俠的處境時，永泉接著講起他的太極拳師父。

✧ ✧ ✧

第一壺紅茶泡完了，廖師父站起來把茶葉倒掉，建議我們再嚐嚐他的廣州白茶，我們換到地上盤坐，一人一個蒲團，聊下一個話題。廣東人不愛說北方普通話，稱北京話為官話；廣東人自己說的話，叫白話，也就是廣東話。話音帶古語韻律，上下起伏很好聽，我聽不懂，但是永泉講話時偶爾會有廣東白話用詞出現，清新淡雅，很像第二壺白茶。

我們席地而坐，卻不直接坐地上，而在人體與地板之間墊了一個拳頭寬的藤條編織蒲團。我們倆還是盤坐，但是尾椎與腳底的高度錯開了，久坐就可以鬆跨，盤好腿，落好胯之後，永泉與我會心一笑，我倆心照不宣。

第二壺茶開泡時間是下午兩點，永泉打開第二扇窗戶，溫熱的風吹進茶館，身上微汗，我問他上次來夜奔北京的鄧文平師父究竟是誰？為什麼他的安般太極如此迅速火紅，而且，永泉本身是南派阮系的詠春高手，為何突然研究太極拳？

「鄧文平是個假名，卻也是他現在真正的名字。」廖永泉是透過一位師兄認識鄧老師，當時，鄧老師從泰國剛剛回到中國，回國第一站是深圳。據永泉敘述，鄧文平先生自己說祖籍是廣東梅山，但是在北京出生，一九九〇年之前，家裡住北京前門大街，自小在北京成長，沒練過拳。一九八九年發生了一件讓他徹底失望的事情，他決定拋棄自己原本的一切，包括姓名與身分，帶領了一群學生，從南方的邊界「走出」中國，直接進入泰國邊境。他在泰國山區住了幾年，幫助了不少貧窮山區的孩子，泰國政府後來直接給他發了公民護照，並且不記錄過去的身分。

永泉曾經試問他本姓是否是葉，他笑而不語。

猜想，他也許是葉劍英後代。廣東梅州人，八〇年代的北京前門區只有特殊軍區家屬能住，是個合理的猜測。如果是的話，他如何能回到中國？入境時難道真的沒有任何問題？我們都只能猜測。也許這就是鄧師父如此低調的原因，但是又為什麼要回中國傳授這個安般太極？

接下來，我必須要問清楚，什麼是安般太極？

鄧文平師父當時在泰國久居之後，開始潛心向佛，南傳佛教信徒。後來接觸了董英傑後人，修習楊家太極拳功法。

清末楊露禪，楊氏太極拳創始人，公認的普世第一高手。三代之內，普及楊家拳術，世間才有太極拳一說。楊家第三代傳人楊澄甫，廣傳太極拳術，其中一個弟子董英傑繼承了楊家拳，並且將其帶到嶺南一帶，上世紀三〇年代，在香港、澳門等地廣收弟子，五〇年代與英國拳擊交手之後，前往泰國、馬來亞與新加坡等地傳授拳術。泰國拳術自古剽悍，能前往泰國開班授課，要能上擂台。

太極拳易學難精，鄧師父加入了安般守意功法，另外開闢了一條蹊徑。

安那般那是印度傳統修仙之法。釋迦牟尼佛也最重視此法，佛陀多次開示鼓勵弟子修安般念。數息觀是成仙或修成大阿羅漢的基礎方法。安般念不是太極內功，但如果和太極拳一起練，安般念就是最好的太極內功。安般守意是安那般那守意的略稱。安那般那為梵文 Anapana 的音譯，意譯入出息，即呼吸。安那略作安，指入息（吸），般那略作般，指出息（呼）。守意指控制思維意念活動，與後來譯為念的含意相近。所以安般守意就是念安般、持息念、數息觀等的古譯，是在中國傳播時間最長、範圍最廣的禪法之一。

所以安般是佛家修行意念的法門，的確是另外一條入拳的路。

廖永泉會接觸安般太極與鄧文平老師，是看到安般太極的合理結構與階梯式教學模式。拜師時很低調，鄧老師也不公開行動，每次給七天的東西就離開。當時來北京時也是，入住六個晚上，第七天離開，不久留。

北太極，南詠春。太極有推手，詠春有黐手。都是初學者可接觸，聽勁訓練，久練可以敏銳神經。太極拳論中有「人不知我，我獨知人」的境界，練武的人，都很嚮往。廖永泉的幼功是十二式功底的阮奇山老派詠春，各種黐手的訓練不用多說，更何況還有南方獨有的齊身木人樁功法，手上的靈敏度十足。我直接問：「那，這幾年鄧老師教你些什麼？」

「貓步。」

原來如此，他直搗核心了，永泉在找自己。

喝完茶，我倆起身，稍微活動一下，在沒有客人的廣州老茶館，我們互相確認了一些事情。結束後，一起離開茶館，永泉鎖上大門，我到附近的星巴克，請廖師父喝一杯咖啡，並且約定下次再見。

✧ ✧ ✧

半年後，找到李俠了。是警察上門，我們才知道她的下落。

李俠欠下大筆債務，信用卡、借貸、信貸等，是被委託的債務公司發出通告，警察也介入辦案。夜奔北京是她辦理信用卡時寫下的公司地址，所以警察來查詢是否能找到資訊。

警察走了之後，我聯絡李俠在老家的妹妹，她在電話那頭哭著說警察已經上門，父母也一籌莫展，心裡著急，但沒有任何方式能聯絡到姊姊。姊姊曾經有一次打電話跟她借錢，說需要買藥，妹妹急著叫她回家，李俠就把電話掛了。

不久後，我們被警察通知，找到李俠了，她跟種靜住在北京南城一個城中城的小平房，幾個月繳不出房租，被房東報警。李俠的妹妹帶著老爸老媽到達現場，試圖帶她回家。

李俠消瘦無比，眼神渙散，身材臃腫的種靜也躺在房裡，髒亂不堪。李俠手臂上有注射的痕跡，不忍心多看，妹妹淚流滿面懇求姊姊回家，李俠拒絕，警察宣讀權利，債務需要協商。李俠父親跪求警察把她強制帶回石家莊，警察拒絕，並告知老父，李俠是成年人，不能執行此要求。

三日後，再次前往租屋處，李俠與種靜已經不在，屋內雜亂，留下一張筆跡凌亂的紙條：

黃老師，商標註冊不是我的意願，是我偷偷把營業執照印下來，種靜需要錢買藥，很抱歉。我們走了，不要找我們，我會治好她的病，然後我們會一起雲遊四海，

一起當行腳醫生。——李俠

我心裡難受，淚流滿面。

回想李俠最後一天上班，是寒冬之夜，我受了風寒，頭痛欲裂，身體發冷。李俠當時給我熬了一碗薑湯，要我喝了，睡前再泡熱水澡。我當時在客房泡完之後身體暖和，睡前掀起窗簾，看到院子對面的大廳，燈光昏暗，李俠一個人坐在老榆木凳子上，挑燈苦讀她的中醫古籍。

她是夜奔的一員，她叫李俠，她以後要當一個行腳醫生。

秋天的臭雞蛋。

每年這個季節，都會想起李俠。因為她會在入冬前的這幾天製作臭雞蛋。套句丁卯的話：「李俠是個平行世界中的魔幻人物。」

當面試時，李俠很沉穩的說：「你們會雇用我的。」——不亢不卑，很李俠。

一週後，我們決定錄取她，也許就是她如此肯定地說了這句話。

我第一次跟她獨處，是在她入職不久後的一個春天的傍晚，當天剛好所有其他夜奔成員都不在客棧吃飯，就我們倆不想出門，我們搬兩只凳子，一張小桌子，坐在四合院中間，吃兩碗拌麵，一盤炒肝，醬菜少許，很安靜。

突然天空劈雷，無雲無雨，沒有閃電直接打雷。李俠用力把筷子拍在老榆木桌上，不吃麵了，她表情依然沉穩，歪頭聽悶雷。

聽了幾秒，她突然說：「今年大旱。」話畢，拿起筷子繼續吃麵。

我記得當年大旱，中國異常缺水。美國加州乾旱導致農作物嚴重毀壞，前州長阿諾・史瓦辛格還出面呼籲大家節約用水。

隔年夏天，八月十五，李俠是下午班，三點到達客棧，開始上班。當時夜奔北京有四個打工換宿，一位北京的男孩與三位台灣的女孩，正要準備出去逛南鑼鼓巷。出門時，李俠突然說：「帶雨傘，今天下午六點三十分會下大雨。」我們大家都抬頭看天空，萬里無雲。距離她說的大雨，只剩下三個小時。

北方的氣候不像南方，說變就變。萬里無雲到大雨之間的變化要一天半載。沒人相信她的天氣預報，包括我。大家都開心出門。

當天下午六點三十分，我站在禮士胡同口，淋得的滿身大雨走回客棧。李俠看到我，只安靜地說了一句話：「你沒看手機 APP 的天氣預報嗎？」

之後的兩年，李俠無意之中展現出很多讓我覺得貌似魔幻，其實卻很接地氣的行為。包括她的臭雞蛋。

第一次聽她說要醃製臭雞蛋，我以為是開玩笑。

製作方法很簡單，到市場選擇最新鮮的生雞蛋，水洗乾淨，放乾。找一個大土缸，接三分之一雨水。不能是任何雨水，必須是當年下雪之前最後一場雨。我不想過問，但是李俠彷彿每次都知道哪一場雨是下雪前最後一場。接下來，用清水灌滿土缸，封上口，蓋棉布，放在陰涼處。臘八之前開缸，取出雞蛋，分開放入小玻璃罐，要吃時一次拿出一顆。

剝開雞蛋時，發酵過的雞蛋濃臭無比。有不少客人被嚇出尖聲大叫，我只好規定要吃臭雞蛋，要在院子中間吃。放在室內大廳，我怕米其林會找上門。

我吃過安徽宏春的綠毛臭豆腐，吃過法國客人送的百年藍起司，吃過何娟自己醃製的四川紅醬臭豆腐，吃過陳辛未七天七夜悶出來的臭鱖魚。我自認為四處流浪過，接受度很高。我卻敗倒在李俠的臭雞蛋。至今，我依然後悔沒有放一口臭雞蛋拌饅頭到嘴裡咀嚼。

李俠後來消失了。不是消失在人群中，而是真的消失了。也許她回到她的平行世界中了。丁卯其實早就知道了吧？

當然，我不想再聞到臭雞蛋的味道。但是，我又很懷念聞到臭雞蛋的味道。

尤其是今天，空氣冷冷的，落葉滿地飛。

如果我沒猜錯，下場雨，就是今年大雪前最後一場雨。

一號阿姨。

尹錦雲女士，山東曲阜人。

尹阿姨是夜奔北京的第一個大內總管。

一開始是跟隨丈夫一起到北京打工，夫妻倆都是標準的農民工，在各處工地打零工，主要負責用手推車運送種磚瓦泥沙。她本來是看到燈草胡同五號的招聘訊息去應徵，卻走到燈草胡同六號。我們雖然沒有找阿姨，但聽到她的自我介紹就請她留下來試試看，一留就是五年，直到她小孫子出生後，她才回到曲阜農村含飴弄孫。

尹阿姨個頭嬌小，面目慈善，性格溫潤，五年的時間認養了許許多多的台灣與香港的小孩，每個來換宿的孩子都愛她。芷琪那年夏天剛剛從香港中文大學畢業，來夜奔北京換宿，阿姨第一次遇到普通話講得如此清楚的香港小朋友，她們兩個很快就變成了好朋友。芷琪發現午休時尹阿姨會在一個角落側睡在一張非常細長的伏案矮桌上。尹阿姨睡覺時展現了神奇的肢體平衡能力，令人嘆為觀止。不久後，芷琪就把這個發現跟大家分享，所以後來大家給阿姨取一個祕密綽號：小龍女。

夜奔北京是青年旅社時，最麻煩的房間就是八人上下鋪，如果遇到八張床一起退房的日子最忙碌，但是尹阿姨有個特色，換一張床與換八張床的時間不成比例，換越多床她速率越快。有一次遇到大退房潮，一個美國大學集體入住，集體退房，兩個六人房，一間八人房，打工換宿們都擔心當天做不完，阿姨簡單一句別擔心，有我在，一個人拿了八套床品進入房間，不到半個小時就全部更換打掃完成。我們只能想像裡面的畫面有如張藝謀的《十面埋伏》。

背包客經常在旅途中會拋棄一些衣物，減輕旅途的負擔。我們就在大廳放一個箱子，提供客人們不要的二手衣物放置，提供需要的人取用。尹阿姨很驚訝有這麼多西方人把好好的衣服都扔掉，我們告訴她如果有看到喜歡的衣服都可以拿。阿姨有非常高的時尚天賦，她常常把不同類型的衣服、褲子、外套、圍巾等收集成一套拿走，搭配穿搭。我們後來常常遇到歐洲的旅客詢問這位阿姨是不是藝術家。

以前燈草胡同路口有一戶山東家庭，自己做饅頭、大餅、窩窩頭等主食販賣。他們的窩窩頭做得很好，每天早上新鮮出鍋，很受胡同局面喜愛，打工換宿的孩子們都很喜歡吃，所以早班結束後都會去買，但有時候賣完了就沒了。

尹阿姨知道後，就主動每日下午兩點開始捏大餅與窩窩頭，放上蒸籠之後再去當小龍女午睡。傍晚大家午睡醒來就有熱騰騰的白麵包子麵食可以吃，秋冬之際實在是最棒的享受。

我們把尹阿姨當家人，她真的像個阿姨一樣，讓每個來換宿的台灣小孩都有回家的感覺。偶爾她的先生會從工地來接她回家，卻總是站在院子外面，不肯進門，無論我們如何邀請，他始終堅持在門外等候，尹阿姨說她先生在工地待一天，身上塵土與腳底泥巴都很多，擔心弄髒我們院子。

我第一次真正認識到中國農民工家庭就是他們夫妻，早早就結婚生子，放棄農耕，到大城市做最底層的工作，提供孩子能在縣城讀書、住房、結婚、生子。尹阿姨的女兒最後也在城市找到工作，工作幾年之後生了孩子，讓老一輩的帶回山東農村生活。

我在北京生活十年，大街小巷、地鐵公車上經常會看到許許多多的農民工，男女都有。

他們每一個都是尹阿姨，如果給予適當的資源，都是自由心靈的藝術家，他們嚴守本分，把自己捏緊，把最好的留給下一代。

他們每個人的眼角都有淚，但是笑起來都好可愛。

燒煤的李師傅。

李師傅是世代的山西晉中人，出生在平遙縣附近的小南村，大半輩子都在農村種玉米以及在平遙古城裡幹雜活。

據他自己說，他這輩子去過最遠的地方是太原市，距離他老家一〇八里地。北京呢？他說太遠了，家裡玉米不能沒人看。北京／平遙高鐵距離三．五小時。遠的不是時間，是票價。

我第一次見到李師傅，五味雜陳。如果他生長在七〇年代的香港，絕對是上得了大銀幕的人。山西水質不好，水鹼大，常年喝不過濾的水壞牙齒。山西人愛吃醋，餐餐都要有醋，所以喝水不結石，但是中年以後牙齒泛黃黑。李師傅一開口就破滅了也許是香港落魄明星的幻象。

李師傅是被他姪子送到夜奔平遙的。他姪子叫毋曉明，毋家長子，目不識丁，不學無術，但是掌管大量家族房產與地方資源，算是讓我開了眼界的一號人物。毋曉明是真正意義上的土豪，他從小不愛讀書，小學只上了一年。穿衣打扮有一股很難形容的天生厭俗感。有次給他房租之後，聽說他拿錢立刻去買了一匹馬，因為城裡十點之後交通警察下班，他就騎馬逛大街，這件事發生在西元二〇一五年夏天，當時小轟動了一下。

我們是二〇一四年去平遙開設第三家夜奔，當時有點逼不得已。計畫趕不上變化，變化趕不上某些人的一句話。就算周邊的朋友都反對，我還是決定要踏入平遙。

平遙古城是個特殊的地方，到今天為止，還沒完成土改，也算是中國大陸改革開放之後另外一項奇特的現象。整個老城維持文革之前的狀態，土地權狀與合作社產權分配得很奇妙，完全不是外人能摸清楚的。

平遙四大家族之一的毋家，是唯一的對外窗口。我要租一間位置最好，空間最完整的四合大院，必須去拜訪毋家。掌家的老毋不會說普通話，也不敢跟台灣人打交道，他怕成分有問題，所以我就跟他大兒子毋曉明接觸。這一接觸，就是三個月的來回拉扯，費盡唇舌。二〇一四年十二月三十一日才把各種奇怪條約寫清楚，找了一個會標準普通話的地方仕紳做中間人，把「合約」裡的各種方言調整成合乎官方看得懂的字詞。隔天早上元旦，我們在平遙三個長老級的大爺面前蓋手印畫押完成租房合約。合約有許多奇怪的條約，最後一條是「租賃期間，同意雇用李永根先生」。

李永根先生，就是李師傅，也就是毋曉明的遠房舅舅。

毋家收到第一筆匯款後，露出無法掩飾的笑容，不斷地說，我舅舅是半買半送給你們當長工，你們賺到了，要他做什麼他都會！不會的也會學！

李師傅會打火炕。山西冬天風大地寒，煤產豐富，當地人習慣燒煤取暖，比電暖氣便宜許多，但是燒煤是個技術活兒，一般人家是好幾戶雇一位燒煤師父，我們的李師傅一人做事一人當。

北京政府早就取消燒煤制度，胡同地區煤改電早就完成，我們在夜奔北京沒看過燒煤熱炕，一開始也很好奇，每天一起灶，我們就輪流去看催火。

李師傅跟他姪子不一樣，是個老實頭。一開口我就知道他是被派來監視我們的，我自然也不說透。我知道房東要隨時漲房租，要的只是所謂的合理藉口罷了。我不想為難李師傅，他是個好人。各種開銷帳目都公開，我知道他每天下午固定回到東大街的一個小胡同裡報備，毋曉明的太太在那裡有個帳房，這些我都在簽合約畫押前就探清楚了。

李師傅就是個老實頭，每次回去彙報夜奔平遙的帳目之後表情都寫在臉上，我不為難他也為難。

開業之前的某一天，我問李師傅除了會燒煤，還會做什麼？他說也可以給我們做飯。所謂做飯，是擀麵、拉麵、削麵、焖麵、滾耳朵、栲栳栳。他幾乎不吃米飯。米飯嚥不下口，吃麵才頂飽。

巷口有個蔬菜鋪，他買了三斤的麵，馬鈴薯、茄子、番茄。廚房裡只有一把大菜刀，他從削皮到剁餡都用同一把刀。第一天做了湯麵，打的滷是番茄馬鈴薯茄子醬，濃濃的老醋湯底，我們都樂了，不斷稱讚李師傅手藝好，真是好湯好麵。我們都一致認為李師傅在，我們的胃都有福了。

高興得太早。

接下來的三百六十五天，每天都是茄子、番茄、馬鈴薯。原來他只會做這三種蔬菜的組合。九月會有玉米棒子，因為他田裡會剩下很多賣不掉的玉米。李師傅不煮肉，從小沒吃肉的習慣，純粹是生活因素，勉強不來。我在平遙期間，吃了不少自己帶來的新東陽肉鬆。

李師傅的正式工作頭銜就是燒煤師父，工商局要登記。他也每天早中晚固定在鍋爐房裡看火。院子的東廂房就是鍋爐房，他也很神奇，只要他在，火不會滅，水也不會過沸。我偷偷試了幾次，不過就是用鏟子把煤炭送進鍋爐，結果不是滅火就是起白煙，我的高中化學完全沒有幫助我。

李師傅不喝水。他每天花大量的時間靠近火，卻從來不喝一口水。有一次我實在忍不住了，問為什麼沒見過他喝水，他回答：「喝點麵湯就夠了。」

他很安靜，不愛說話，幾乎不會說普通話。台南成大的呂重來換宿的時候，他們會一起抽菸。有一天晚飯後，呂重想喝竹葉青，李師傅給他花六十五元買了一瓶，一起喝完了，呂重大醉，李師傅笑了。我記憶中他笑得最開心的一次。

有一個冬天的清晨，也許是溫度突然下降太低，有客人一早抱怨房間不夠暖，我跟李師傅說了一下，以後冬天早上早一點來加火，確保房間都要夠暖。他從此之後早上六點之前一定來加一次火。

去年咪咕入資，管峰接手，我抽出經營，只共同管理營運。合作條件的最後一條寫到「合作經營期間，保證李永根先生職位，薪資不變」。不是為了毋曉明，只是覺得一間院子要有一個守院人。

燒煤的李師傅是夜奔平遙的守院人。

店外

夜奔

芝麻涼皮。

Carlos是我印象中最早的客人之一。

英國護照，但是皮膚黑黑的，感覺起來像中南美拉丁人種，夏天傍晚會穿薄羊毛衣，大熱天出門會戴絲質圍巾繞脖子，年紀不小，眼神發亮。

他只住兩個晚上，上下鋪床位，一個晚上一百五十人民幣。

那是第一年夏天，我們剛剛開業沒多久，旅館執照費盡心力剛剛申請到的時候。

Carlos一個人走進大廳，背一個小背包，拿著大英國協的護照告訴我們他要入住。我們當時剛剛放在各大訂房網站，沒有任何評語，只有幾張照片與文字的介紹，我給他登記時，問了一下他如何選到我們。

「照片，第一眼的照片就知道這是我要住的地方。」

登記之後沒多久，他就要準備睡覺，洗了澡後，他到大廳買一瓶啤酒，簡單介紹他自己。

「我五十多歲，一直單身，在一個地下室停車場當管理員，我的收入在倫敦剛好夠我一個人生活，所以也不打算成家。我很喜歡逛博物館，我把英國的博物館都看遍了，但是我沒有離開過歐洲。我本來的心願是把世界七大奇景都要看過，但我無法承擔那種花費。我考慮了幾年，決定要看中國的萬里長城。我每一年都告訴自己要出發，但是一直沒有出發。我突然發現千禧年已經過完了第一個十年，再這樣下去，我的人生就要結束了。我沒有太多假期，從倫敦到北京的來回路途就要花費我兩天的時間，所以我只能住兩個晚上。我本來沒想到可以住到四合院，但是很驚訝看到你們竟然有如青年旅宿一般有床位，所以我立刻預訂了，這裡跟我夢想的環境很像，我真的很開心。我已經報名了一個去八達嶺長城的旅行團，明天一早出發，這是我這趟旅行唯一的目的地，我很期待。其實，我現在到了北京，我已經覺得完成了我的夢想，這一切太神奇了，真的太好了！」

我告訴他，不要去八達嶺，那不是真正的長城。那裡已經人山人海，而且過度修復，我推薦他去當時還沒什麼人去的慕田峪或金山嶺長城。

「我查過了，去慕田峪的費用超出我的預算，金山嶺就更不用說了，沒問題的，我看過八達嶺的照片，那就是我想看的，而且，美國總統柯林頓也去過八達嶺，不是嗎？

哈哈哈！」

說罷，咕嚕咕嚕把啤酒喝完就去睡覺。

第二天傍晚，我在大廳玩俄羅斯方塊，Carlos 從旅行團回來，滿身汗，但是他依然戴著一條絲質圍巾，他先去沖個澡，又到大廳來喝啤酒。我們剛好買了幾份芝麻醬涼皮，他很好奇，我們就給他一份，請他跟我們一起坐在大廳用餐。

他不太會用筷子夾，一雙筷子當叉子用，芝麻醬、醋、黃瓜絲、豆芽菜、麵皮兒胡亂攪拌一通就開始吃。半碗下肚，他戀戀不捨地說好吃，真好吃，他覺得太好吃了。端起碗，拌著湯汁把剩下的涼皮都囫圇入口，舔舔舌根，說這是他到北京吃到最豐富的味道。他很誠懇地說好幾次感謝，他會一直記住這個味道。

他很開心，又聊了一段時間，心滿意足地回房間睡覺了，第二天一早，他就提著包包去機場，趕回倫敦那個地下停車場，繼續他的日常生活。

芝麻醬拌涼皮，北京街邊最普通的食物，一碗三到五元人民幣，胡同人家的小吃，再普通不過。

Carlos 讓涼皮變美味無比。

俄羅斯短刀術。

夜奔第一年的十一月，天氣漸涼。四合院的樹葉開始掉光，旅客也減少。有一天晚上，客人不多，早早就熄燈，我已經入睡。半夜有人敲門，我還沒養成夜間要穿秋褲的習慣，披了大衣就去開門。我們的四合院是倒座的房屋，門朝北開，大門推開時有冷風吹進來，眼睛不容易張開。如果來的非善人，這時候就是被偷襲的時候。

門外站兩個年輕人，一男一女，俄羅斯籍。不同於歐洲的白種人，他們倆眼神沉重，黑眼圈頗重，完全不會中文或英文，比手畫腳要了一間房，先辦理入住。女孩背著一個非常大的背包，男孩相對包袱輕便，但是手提一個金屬外殼的公事包，包包上有一條鐵鍊綁在手腕上。

女孩背重物，男孩拿輕包，估計包包裡的東西珍貴。

過程中，兩人沒有任何表情，男子往前走時，女子會不斷往後看。兩人體型都偏瘦，但感覺不柔弱。

隔天睡到中午才起。凶神惡煞似的要了早餐與咖啡。兩人狼吞虎嚥地吞下四份早餐，額外要了一整包吐司，還有幾杯黑咖啡。吃飽了跟我聊天，他們在莫斯科附近的一個小城市練習一種俄羅斯短刀術，技術叫 Tolpar。

語言不通，我上網查了一下，資料不多，大意是俄羅斯的民間短刀格鬥術，後來被前蘇聯特種部隊吸收變成軍體格鬥。軍隊體系拿掉了一些呼吸與步法的傳統訓練法，著重在手部的短刀技術。

他們夫妻倆是民間體系的。

男子下午打開金屬手提包，雙層鎖扣，第二層打開後裡面有許多短刀。沒有開刃，有軟有硬的，練習手感多。

當天同時住在店裡的還有兩個愛爾蘭男子，職業是警察，對於有人隨身攜帶刀具很敏感。男子不在乎，給我們一人發一把，教我們握刀。

短刀，三面虛開刃，其實是短劍。一個手掌的長度，可以隨身藏匿。刀尖永遠朝前，不允許像日本反手刀。手握半把，虎口拖刀把，刺中目標後可以順勢把刀身推進去。來不及拔出來就隨身再拿出一把。感覺是兵器隨時可以拋棄的理念。照他的說法，要常去屠宰場，拿剛剛宰殺的豬羊牛肉試手感。

發力前不斷鐘擺身體。第一目標是對手手腕，第二是膝蓋。拱背垂手，不持刀的手護臉。

練刺刀前先練單腳站立，近乎中國站樁。

語言不通，我們只能透過身體語言跟他溝通。上了兩天的課才知道，他們也是為了武學來找靈感。到北京人生地不熟，上網隨意找旅館，我們評語不錯，才來入住，也不知道要預先訂房。問他們要找什麼，他們放了一段手機影片給我看：

「八卦掌。」

我推薦週六日早上六點去天壇公園西門的林子裡，畫地圖給他們看了。隔天早上他們帶金屬皮箱去了……不知道怎麼過的地鐵 X 光檢查。

他們住了一週，除了去天壇的兩天，每天下午都跟我講短刀術。他講俄羅斯語，我聽不懂，只能猜測，他大概覺得我聽懂一半，我只能猜測一半的一半。我問不出來是否找到八卦掌的人，有沒有交流？

印象中以前在武術雜誌看過一段故事，六〇年代北京八卦掌的人去前蘇聯，也許留了東西？也許交換了什麼？上網查不到資料。

走之前，他們要留房費，我說算了，給了不少東西，算我賺了。他們留下一把練習用的小短刀，橡皮做的，還有一只手套，類似打冰上曲棍球的。他的講法應該是：可以找人練習，對方拿真刀，我拿橡皮刀，左手戴手套接刀。

也許我理解錯了，不確定。

送到門口，互相擁抱，女子還是背大背包，男子還是拿小包，說不出的不協調。我告知下次回來還是不收房費，但是要教刀術。再次擁抱，冷冰冰的金屬箱子夾在我們倆中間。

至今，他們還沒回來過。我今年十一月的初冬，會穿好秋褲睡覺。

Daria FM 斐懋資塵。

她是俄羅斯美女。

每一個見到她的人，都會說一句：俄羅斯女孩都美。

並不是的，我在後來的日子裡見過許多俄羅斯女孩，有美的醜的高的矮的胖的瘦的。Daria 的美讓人覺得俄羅斯女人都應該美。

她的身材很高挑，身板結實，五官的比例勻稱，媚眼之中帶著英氣，她是一位練家子。

Daria 是第一個到夜奔北京挑戰教武換宿的客人，她在開幕後第三個月來訪，那年她二十六歲，已經在中國住了兩年，到北京是為了搭飛機回俄羅斯短期探親。

她在莫斯科成長，家境不錯，父母收入穩定，自己也在完成學業後準備踏入教育界工作。兩年前一場突發的意外導致她父母雙亡，她傷心欲絕，無法自己，雖然繼承了一小筆遺產，卻無心在家鄉繼續生活。她少女時期學過中國武術，隱約覺得中國有一些修行的場域。變賣家產之後，一個人輕裝前往中國湖北武當山，修道療傷。

她本來以為山上都是道觀，但是到了武當山實地看到的是一所一所的武術學校。她為自己選了一家沒有任何俄羅斯學生的武校報名，館長是一個綁著馬尾的清瘦道士。她不希望在修行期間因為有家鄉同胞在身旁而受到干擾，可是沒想到這家武術學校的美國人特別多。兩年的苦練，她說除了身體變強壯，英語對話能力意外進步神速。

她在武當山武術學校的生活大概如下：早上五點起床，集體跑山訓練體能，六點集合吃早飯，接下來是大量的基本功訓練，十點開始套路演練。中午吃飯，午休睡覺，下午三點開始繼續訓練，傍晚收操，集體晚飯，飯後就是自由時間，每週休息一天。休息的那天，武當山上酒吧裡就滿滿的都是外國學生。Daria 說武當山上第一多的是武術學校，第二多的是酒吧。有些酒吧就是武術學校的經營者開的，可謂一條龍服務。

她說這種軍隊式的集體生活對其他美國習武者可能很新鮮，再加上畢竟是在武當山上，初期的東方獵奇心理與武俠浪漫情懷還能支撐體力上的辛勞。但是經常看到他們超過一段時間就產生訓練疲乏，傍晚的休息逐漸演變成在啤酒屋的流連忘返，隔日早上的訓練就開始缺席。Daria 來自俄羅斯，她很清楚這種生活模式的節奏，堅持知道自己要來做什麼，對於其他學員的舉動，她冷眼旁觀。

她有自己看事物的方式，譬如她知道武當山上的武術學校有兩種收費模式，中國人是一個價位，外國人另外一種。她摸清楚狀況之後不點破，但是跟校方協調之後又有了自己的付費標準，也在學習期間頻繁參加中國各地的套路表演賽，增加自己的比賽經驗，同時也給武校打知名度。她知道這些來自西方社群的學員通常都有足夠的存款支付在中國期間的消費，但是自己要為長期訓練做打算，所以她在武當山期間另闢收入來源。她觀察到武術褲是一個大宗的消耗品，所以雇用了兩個農村阿姨幫忙製作，自己下山去批發市場買布，完成的武術燈籠褲販賣給山上來自世界各地的練武者。那個時候網路購物還不是特別發達，淘寶還沒有如此普及，但是她已經開始有中國其他省分的武術學校訂單，幾乎都是外國的習武者在網路論壇口耳相傳的。

她知道自己外型的優勢，所以在每一箱寄出的包裹裡放自己穿武術服裝的各種拳術照片，背景是煙霧繚繞的武當山峰，仙氣凌人。如果放在今天，她就是個直播帶貨的大網紅了。

兩年期間她學了至少六〇套左右的套路，各種長拳短靠、南北名拳、長兵短打、軟硬奇門等雜兵。我聽了也大概知道是什麼概念，當然武當山武術學校畢竟要賣一些有特色的家底，所以少不了有武當式太極拳與各種養生氣功。八段錦與五禽戲是必修課程。

她敘述完自己的經歷之後，我說如果要換宿，要她教五禽戲，一種動物換一天的住宿。她不肯佔便宜，認為五禽戲太簡單，一個小時就可以學完全部動物，她想教武當長拳或武當太極拳。

我婉拒了，我知道那些是什麼。我要五禽戲，她也爽快，一天教完五套功法，住五天。她問為什麼要五禽戲不要套路？我說套路可以標價錢的，但功法才是有價值的。套路是編創的，古人今人都可，只是個空殼，再有名的拳也只是個架子，你五天能教我們什麼呢？五禽戲不一樣，簡單的氣功操，但畢竟是套功法。功法是教完了可以回家自己練。

她當時在武當山習武兩年，掌握大量套路，並不完全認同我的想法，認為她只教五禽戲有點大材小用，忍不住表演了幾套她比賽的金牌套路。蹦蹦跳跳，腰板有力，炯炯有神，看完了給她十足的鼓掌，但我還是堅持要她教五禽戲。

當時談妥後，安排第二天上課，下午兩點開始，預計兩個小時，看情況而定。除了當日值班的蘇蘇、伊寧、蓋瑞特等人，也把當時的打工換宿全部叫上，上課時間可以抵銷上班時間，同時邀請已經入住的旅客一起上課。隔日大降溫，一口氣下降十幾度，寒氣逼人。俄羅斯女孩不當一回事，武術褲紮腰帶，輕薄褡褳一套就在院子熱身拉筋，準備教課。蓋瑞特覺得寒冷，想戴頂帽子上課，被 Daria 斥罵不可戴帽練拳，蓋瑞特又露出那滄海桑田的表情。

我個人認為氣功就是中國式體操。有別於群眾基礎廣大的西洋地板體操，中國式體操多半摻加很多撐拔、擰轉等動作，消極的看是很好的肌肉伸展訓練，積極細膩一點可以促進內臟的按摩，加上大量呼吸（橫膈膜活動）與蹲樁（腎臟與腸道蠕動）等，是好東西。

但是武俠小說、戲曲、電影等渲染，讓氣功一詞沾染了太多奇幻色彩。我已經被太多人問夜奔北京會不會教氣功，這次剛好利用 Daria 來訪，讓大家體驗一下什麼是「氣功」。

她真的很認真看待教課一事。上課前先抓我上了預習課程，要確保我知道她要教什麼，內容是否妥當。下課後又把我留下來上輔導課，留校察看。果然如我所料，從虎型開始，她的五禽戲版本跟坊間流傳的大同小異，增加了一點武當色彩，我想看到的「撐拔」與「擰轉」都出現了許多次。

五禽戲換宿，圓滿落幕。

當然除了學員們滿懷失望的發現氣功原來就是廣播體操的變化版之外。

我覺得這是好事，氣功操、導引術等本來就有舒展筋骨、活絡氣血的好處，但氣功帶有太多神祕色彩，令人引發遐想。我很感謝 Daria 的到來，藉由一位俄羅斯女俠介紹在武當山上學習的氣功，矯正視聽。

那是二〇一一年的秋天，她五天後搭飛機回到俄羅斯，一個月後返回夜奔北京，給我們帶了很多俄羅斯的糕點、伏特加，還有一大罐她奶奶自己釀造的野莓醬，非常好吃。停留兩晚之後，再次前往武當山習藝。走之前的晚上，她跟我說她也會八極拳，是武當祕傳的八極拳，我們在半夜三更交流，我請她不要跺步，她說不會不跺腳的八極拳。

是張龍的那套八極拳，武當也不武當了啊

二〇一一年冬天道別，她回武當之後就沒有音訊。直到二〇一三年冬天，她又回夜奔北京，她已經從武當山學習畢業，拿到一張道家證書，道號：斐懋資塵。這次短暫停留幾天後就要前往安徽天竺山。她在武當山一共五年的時間，原諒了自己，但是也發現武當山武校教的技術不是她想繼續追求的，但是她對道教的修行產生了濃厚的興趣，她從某次交流得知天竺山有一所學校，不是武校，是教道教養生功法。

我問她這次去多久？她說一年。武當山上的武術褲事業越做越大，現在已經有一個阿姨群幫她縫製武術褲，她用手機接單，讓阿姨們從武當山發貨，直播帶貨進化成初代電商。她送我一條水藍色的武術褲，材質清涼，適合夏日練功穿。我們直接跟她下單買一箱，各種尺寸都有，放在客棧寄賣。水藍色的功夫褲不常見，成為二〇一三年一股小風潮。

一年後她在夏日歸來，夜奔再次迎來 Daria。她帶了一個俄羅斯朋友一起來玩，她的名字是 Tonya，當時在中國學中文，身材高大，金髮碧眼的長相跟 Daria 不太一樣。她跟當時開始在夜奔北京上班的何娟一見如故，從此成為至交好友。多年後，Daria 離開中國了，Tonya 對北京不離不棄，不惜把俄羅斯的房產變賣了，都要繼續住在北京，跟何娟一起養貓養狗養烏龜。

Daria 在安徽天竺山隱居一年後，始終放不下繼續學武術的心思。這次她找到了一位住在北京通州的陳式太極拳師，她看到陳家拳的訓練模式很對胃口，就在通州縣城租了一個房子，每天一對一私人課程學習陳式太極拳與推手。學習期間認識了一位從紐約來學拳的美國男子，兩人陷入熱戀，一年後就訂婚，準備回美國完婚。

她帶了準夫婿來夜奔北京，也邀請她的陳式太極拳師父張玉水先生一起來玩。她等不及要教我她這一年學到的推手技術。私底下，她說這跟之前在武當學到的完全不一樣。

「嗯，我知道。」

張老師很客氣，利用傍晚客人比較少的時間，在院子給 Daria 繼續講課餵手。為了避嫌，我在他們師徒倆上課時走開。隔天早上遇到北京消防大隊上門檢查，其實是例行公事，但是因為那年剛換了一個隊長，新官上任三把火，雙方沒建立起好關係之前，總是要大聲說幾句話，雞蛋裡挑幾根骨頭的，這些我在二〇一三年已經見怪不怪了。

沒想到張老師在旁看到了，默默遞了跟香菸給當時趾高氣揚的大隊長，悄悄說了幾句話，隊長立刻客氣下來，指指當時胸口剛剛開始配戴的攜帶攝影機說：「現在執勤呢」，說完向張老師眨眨眼。那一年北京各種打貪行動，警察、消防、衛生等部門上門檢查都要配戴小型攝影器材，全場錄像記錄，直到現在。

我沒想到張老師站出來幫我們解圍，挺不好意思的，本來想跟他說我們已經準備好了該有的禮數，隊長也只是做做樣子。張老師說別客氣，他退休前也是在消防部門服役，剛剛只不過是告知對方是自己人，以後也方便點。也算託 Daria 的福氣，我們剛好有了這層關係，日後跟消防局溝通也單純不少。

Daria 跟她未婚夫在北京的美國大使館辦完手續之後，等待簽證期間去遊山玩水，把北京周邊的地區都走了一遍。最後上飛機前，回到夜奔北京跟我們做最後的道別。她說這次去紐約，可能就不會再回北京了。她拿出一座不知道哪裡弄來的達摩雕像送給我們，她說她一直沒上過少林，但是很喜歡這座達摩像，這幾年常常帶在身邊。要去美國了，她想送給我們留念。

我問她：「你不是道家子弟嗎？怎麼送我達摩祖師像？」

Daria 說：「我是外國人，從遙遠的西方渡水來到東方。」

達摩也是。

冠縣李冉。

我給一般朋友介紹她時，都會說她是演員李冉，不是李小冉，而是比李小冉更漂亮的李冉。如果是武術界的朋友，我則會介紹她是「冠縣李冉」。

冠縣是山東省聊城市的一個小縣城，常住居民不到五十萬，縣裡分漢族村與回族村，經濟極度不發達，交通也不方便，我從北京過去要先去濟南，再換車到聊城，最後再坐農村小巴到冠縣。

冠縣出查拳。

查拳是正統長拳的代表。廣義的長拳家族龐大，從太極拳到劈掛拳都可以算是長拳種類，一龍生九子，各個不一樣。但看到查拳就知道是長拳的根，是苗，是細胞核。山東拳種多元，山東人個性粗獷豪邁，打架不含糊。拳如人性，魯東的螳螂拳、魯西的查拳都是瀟灑剽悍，一撒通身皆是手。

我第一次去冠縣是二〇〇九年冬天，從北京到冠縣花了十七個小時，中途跟聊城村委吃了頓飯才有人帶我走村。接待的人是冠縣體育局的王秀芬女士。整整二十年前，當徐紀老師從美國帶武術團參訪冠縣時，就是王秀芬的老師接待的，當年王老師被叫出來表演四路查拳，那時還不滿十八歲的王秀芬，打完全場四面八方的查拳後，據說迷倒了一位西班牙裔的武術愛好者，臨走前還一定要交換地址以便日後通信。

物換星移，二十年後我到訪時，李冉陪同她的授業老師王秀芬一起接待我，也給我表演了一套四路查拳。那年她十六歲，剛剛從山東武術隊退役，拍完一部港片，是張柏芝的武打替身，準備再訓練一段時間後進軍演藝領域。李冉的媽媽是當地有名的餃子達人，她家在冠縣梁堂鄉安庄村，沒有門牌號碼，要寄信就寫「山東省聊城市冠縣李大媽餃子收」，郵差就知道寄給誰。李冉當時是村裡唯一被選入山東省武術隊的孩子，十一歲就入隊，非常吃苦耐勞。我去的時候，村裡的一群孩子每天都聚集練拳，李冉是大師姐兼助教，她接受過省隊的訓練，除了傳統的練法，也帶一些新式的體能訓練。孩子非常可愛，但是看得出來物質生活貧乏。我從濟南來的路上買了一大包糖果，發給小孩吃的時候，他們每一個被凍得通紅的小臉都笑得特別開心。

要離開冠縣前一晚，王秀芬老師再次召集學生吃飯送行，十六歲的李冉也在餐桌上，聽大人們講東講西，她說訓練場上的小孩子們吃到糖特別開心，孜孜不倦地講這件事，我要李冉給我留個聯絡方式，我以後再給他們寄糖果，李冉給我她的 QQ 號，她說這是最時髦的聯絡方法。

我當晚加了她的 QQ 號，李冉一句：「哥，以後隨時聯繫。」

兩年後，夜奔北京開始營運，一切上軌道之後，我給王秀芬老師打個電話，告知我在北京成立了一家客棧，歡迎她帶學生到北京時可以落腳。王老師聽了很高興，吩咐一句：「我那個小徒李冉，你還記得吧？去香港拍過武打替身那個？她又接了一部武打替身，拍完要在北京停留，你多關照關照。」

我找出李冉的 QQ，給她發了地址，告訴她拍完戲就過來聚聚。一個多月後她就提著行李出現在夜奔北京，我安排她住在當時後院的床位房通鋪，她很新奇地看同屋裡的各國背包客。當時有一個客人對她很感興趣，他覺得李冉總是精神飽滿，走路的時候抬頭挺胸，眼神一直很銳利，他說了一句有趣的話：「她很像女性的李連杰。」我本來想也許這些外國人看亞洲人都一個樣，聽到李冉練武術的就覺得是女版李連杰。但是隨後幾年裡，我也越來越覺得她有些角度確實像年輕時的李連杰，尤其是眼神，有一種清澈見底的透明。李冉是個漂亮的女孩，但是也有男孩子的帥氣。

李冉是個生活很自律的孩子，她住進夜奔北京之後，開始跟我們一起生活。她當時剛剛開始接戲，還沒有經紀人，案子很少，她也有很多行業規則不懂，所以處於被動狀態。她很擔心住久了要付房租，私下跟我問過幾次。我當時告訴他，我們不缺這一個床位，你就住，平常三餐我們有阿姨做飯，多一雙筷子不算個事兒，就當住自己家，下午沒事就帶大夥兒練練拳、踢踢腿，甭想別的。她很快地發現，我們持續有來自台灣的打工換宿，多半都是女生，跟她年紀不相上下，大家一起吃喝玩樂，日子過得很悠哉。她早上也會跟著大夥兒一起整理房間，幫阿姨買菜切肉、洗碗拖地等等。

當時夜奔北京下午的武術課初見雛形，主要都是我教課，學員除了自己人，另外一半是來自世界各地的背包客，都是當成體驗課程，興趣盎然地練習。李冉自小練功，腰腿特別好，再加上六年的中國國家武術隊洗禮，鐵板腰身彈簧腿，我偶爾會請她出來做動作示範，她落落大方，很願意表演，但是不太敢開口，她十一歲加入國家隊之後就沒有繼續上學，不要說英語了，一般學科都沒有太多知識背景。我鼓勵她多看書，自己學習，學習不一定要在學校。她對我們書架上的選書都不太感興趣，不過我後來才知道因為都是繁體字的，大部分是我從台灣帶來，她閱讀起來很吃力。

她後來有一次在試鏡一個角色的時候，要唸一小句簡單的英語，但是她完全不知道該怎麼去發音，我可以想像她面目姣好地站在台上，微笑地看著選角人員，默默地失去了這個機會。她回到客棧之後跟我說她要學英語，她要認真充實自己，她有朝一日要當國際演員。我叫她沒事多跟蓋瑞特聊天。蓋瑞特很喜歡她，應該也是看到了她樸實可愛的一面，但是蓋先生實在不是一個喜歡話家常的對象。有時候看她們倆試圖對話，一個比手畫腳亂說一通，一個點頭搖頭聳聳肩，像在玩猜謎遊戲。蓋瑞特學中文的速度還是比李冉練英文快多了，沒多久，她們就開始用中文對話了。但是客棧來來去去還是很多外國背包客，李冉會利用機會嘗試去溝通，我也會適當地給予她一些句子去嘗試。

我大學的好朋友 Matt Dennison 曾經是一個美男子，個性非常溫柔，他發胖之前體型瘦長，金髮白皮膚，非常帥氣。他從高中開始就很喜歡亞洲女性，他交往過的女性都是亞裔，但是都很欺負他。Matt 真的是一個好好先生，對女生很呵護，但是有點溫柔過頭。我看過他有一任女友當我們幾個男生的面打他一巴掌，但他還是好言好語的跟女方講話。這個凶巴巴的女朋友是日裔美國人，名字叫 Nomi。我們在背後都開他玩笑，說 Matt 自己才是 Nomi，就是數學課裡的 denominator（分母），因為他永遠被壓在下面（咦？）。

二〇〇九年 Matt 結婚了，娶了一個韓國女博士，她是在首爾長大的韓國人，在美國攻讀比較文學系，臉沒有整形，坦白說是長得非常不好看的韓國女生，個性普通，不太懂我們的幽默感。他們一開始交往時我就覺得他們不般配，但是 Matt 就是愛，我也沒辦法。好在這個女孩不會凶他，Matt 大概從分母變成分子了（咦？）。

Matt 在二〇一二年用 Skype 打給我，我說咱們好久沒見面了，把攝影機打開吧？

當時我剛剛買了新的 iPhone 4，自己覺得很潮地用手機鏡頭跟 Matt 講話，感慨科技真是先進。李冉從外面回來，我讓她一起過來看手機裡的 Matt，我跟她說這是我大學的好朋友，李冉大方說了嗨！笑咪咪地轉身去幫阿姨擺放啤酒。她彎腰把一大箱的啤酒舉起，放到小桌上，動作俐落，舉重若輕，Matt 透過手機看到這一幕，偷偷用文字問我她是誰？我開玩笑說她是章子怡的師妹，武術女俠，現在在北京要準備拍《臥虎藏龍》續集。Matt 衝動地說他馬上要訂一張機票來夜奔北京！我掛掉電話後發了幾張李冉練功的照片給 Matt，他回我一句：trade life with me! 我說：hell no.

李冉慢慢開始接到一些機會，但是大部分都是當女明星的替身，聽說很多女明星的替身都是身形矮小的男武行，他們的費用不高。如果需要用到女替身就是一些特殊的鏡頭，男武行不適合。李冉在這個行業的收入反而比同行的男生好，有時候甚至要露臉，那酬勞更高了。她把握每一次的機會，是真的肯吃苦的好孩子。有一次她去郊區拍戲，一走兩個月，回來那天眼神很憔悴，氣色非常不好。她說這兩個月幾乎都是拍夜戲，但是白天要補戲，也不能睡覺。有一場要拍雨戲，她被威亞（wire）吊起來懸在空中，後腳要勾在仿古背景的屋簷，不能鬆開，等導演口令才能吊下來。但是演員的準備過程與走位的時間她都不能動，還要被人工雨水一直淋，全身發冷，一場夜戲拍下來就是幾個小時。郊區也沒地方洗熱水澡，換場的過程中就用大毛巾一裹，蹲著發抖等下一場戲。

李冉笑咪咪地跟我們大家分享這些拍戲的過程，我聽了很難過，她畢竟是正宗武術圈出來的孩子，冠縣可是出過楊鴻修這種大武術家，一代一代的查拳名師也是天南地北的闖過江湖，立下好大的功勞。但是到了李冉這一代，要如此辛苦地賺錢，武術的落幕也是我們這一代的悲哀。我請阿姨燉熱湯給李冉喝，但是我們的阿姨都是北方人，根本不懂什麼叫燉湯，最多就是用番茄打蛋花快煮十五分鐘就端上來，李冉是山東小孩，沒喝過燉湯。我從李冉講完她的拍戲過程後開始親自燉湯，一次一大鍋，全客棧的人一起喝，有時候老母雞湯，有時候蔬菜排骨湯，都會放滿滿的老薑片熬煮，沒慢熬一個小時不熄火。後來的人都說我不會煮飯，但是燉湯還可以，李冉是當時促進我開鍋的人。

在夜奔北京住了兩年後，李冉存了一小筆錢，她決定搬出去住，我們當時也確實比較滿了，在胡同旁邊租了一個大宿舍給員工，但是塞滿滿的打工換宿與不知道哪裡來的借住客。李冉搬到海淀區的老公寓改造住房，房東把原本的一個房間用木板隔三間，交給來路不明的房屋仲介管理。李冉同時也念念不忘要學英文，就在海淀的一家華爾街英語補習班試聽，被對方說服了，一口氣預繳了兩年的學費。房屋仲介找了一堆理由，告訴李冉現在北京規定要多繳幾個月的房屋押金，所以又讓她一口氣付了六個月的押金，再預付三個月的房租。她搬進去不到一個月後就接到了新的戲，要到浙江拍戲，一拍要數個月，她捨不得付空屋的錢，去跟房屋仲介協商退租，對方拿出合約：退租可以，押金不退，預付的租金也要扣掉已經住的日子，剩下再扣一部分當手續費，能拿回到手上的根本沒多少。同時英語補習班收了錢之後一直催她去上課，她說要請假兩個月，對方卻說請假太多了後面不能補課。屋漏偏逢連夜雨，李冉當時也聽信了一起拍戲的朋友說要保養自己的身體，保持皮膚的彈性，所以要吃一種驢皮阿膠，他們一起團購可以拿好價錢，所以也花錢買了不少放著，但是拍完戲之後都乾癟得無法吃了，只好通通拋棄。

這些事情都是她在浙江拍完戲之後又回夜奔北京告訴我們的。她講這些話的時候總是帶著她開朗的笑容，一點都沒有抱怨江湖人間冷暖，只說這些事情真是不經歷過不會相信的，冠縣農村的那股泥土香味還在她身上散發。她辛苦攢的積蓄就這樣沒了，再次回到夜奔北京跟我們一起生活。我語重心長地跟她聊了很久，告訴她我很高興她把這裡當自己家，想回來多久都可以，但是下次要再出去自己獨立生活之前，先讓我們幫你看看環境，我們畢竟都是老江湖，可以看出貓膩。

那一年，李冉還未滿二十歲，依然天不怕地不怕。

夜奔北京的武術課變成老常態，課程的教學也轉移給三皇炮捶功底的劉異老師負責。劉老師偶爾請假的時候我會代課，只要李冉在客棧，我都會請她出來當助教，逐漸給她越來越多的教學時數。她的訓練方法太體操，甚至動作上也越來越表演化。我藉著請她教課的過程，重新調整了她的基本功觀念，但是她身體上是排斥傳統的練法，戲台

（舞台）的效果變成了她的追求，我理解了之後也不再強求，畢竟她已經轉行成為表演者了。

冠縣的孩子從小練拳，第一套永遠是十路彈腿，一個早上來回踢十趟，每趟可以打十幾次，絕對的土法煉鋼，也是絕對的體能保證。李冉小時候就這麼練，所以基本體能保持很好，打小練出來的功底可以留很久。她基礎代謝率很高，不容易吃胖，體脂率自然維持很低，對女演員來說是好事。但是她開始在飲食上加倍控制，還不到二十歲的身體，就不斷追求瘦身瘦身瘦身，按照她的說法，電影鏡頭裡沒有瘦子，她必須鞭策自己，瘦了還要更瘦。逐漸糕點不吃，饅頭不吃，大米不吃，每天蔬菜水果加大量的水，但是她畢竟還太年輕，身體需要營養與熱量，這種方式很難維持太久。

北京有一所私立的美國學校，學員大部分是在北京的外商子女或擁有外國護照的中國小孩，學校裡其中一位老師曾經在台北陽明山上的歐洲學校任教過，後來被聘來到北京這所美國學校教書。我們在台北時就認識，她剛到北京時入住夜奔北京，我們很開心地相認了，她後來介紹了不少同事來夜奔北京住宿。有一年她找我幫忙，她自己帶的一班高中生特別想過一場不一樣的感恩節，我們合作在感恩節的晚上舉辦火雞大餐，她帶領了三十多個學生來玩。我找了北京綠葉子超市的加拿大火雞供應商，訂購了兩隻超大的烤火雞、Gravy 肉汁、蜜汁火腿、蔓越莓醬、南瓜派等許多正宗的美式佳餚，聯絡試菜等就耗費了一個月的準備時間，當天下午這些老師們還特別來掛了許多掛燈、貼紙等過節氣氛的裝飾。

李冉剛好拍完戲回來了，我要她換一身衣服晚上一起參加這場美國人的年夜飯。她洗漱之後換了一身剽悍的黑皮上衣。我做了一個小開場儀式之後歡迎大家開動，同時介紹了一下夜奔所有的成員。輪到李冉時，我一時不知道該怎麼介紹她，就隨口說了一句她剛剛從電影片場回來，是一位 Next generation kungfu star～。

美國高中生們聽到可嗨了，一人一大盤火雞、火腿、肉汁馬鈴薯泥等食物走來走去社交，很多人都去跟李冉聊天，這些美國小孩長期在中國生活，也會一點點中文，李冉嘗試用一點點英文，她很落落大方地跟他們聊天。學生們對她的武術演藝生活很感興趣，李冉甚至在氣氛高昂的時候表演一套雙節棍，再做幾個側空翻等動作，轟動整夜。李冉看起來實在是餓了一段時間，我騙她這種節日對外國人來說就像咱們的年夜飯，不大吃大喝對方會不高興的。李冉決定放開胃口一個晚上，拿了一大盤食物，我看她大口吃肉的樣子，感嘆這才是山東孩子啊！那個夜晚，她卸下了假裝成熟的表情，恢復她二十歲該有的樣貌。

原則上這些高中生還是應該根據美國學校的規矩自律，不能喝酒精飲品。但是老師們都忍不住享用我們準備的紅酒，喝開了之後也對學生睜一隻眼閉一隻眼，大家都拿喝果汁的紙杯偷偷倒一些紅酒助興，越晚越開心。有一個義大利女孩喝太急了，突然有點頭暈不舒服。李俠那個時候在值班，她跟李冉兩人一起扶著義大利女孩去女生宿舍休息，李冉跟李俠一個在山東鄉下長大，一個在河北鄉下長大，從小見過不少逢年過節喝暈的場景，兩人一估量，決定用農村最常見手法給她治療治療：扎針放血療法。李俠拿出她家傳的針灸袋，火燒消毒之後給那個女孩的手指放血，不久後那個女孩就清醒了，回到大廳繼續趴踢。我第二天才知道這件事，有點生氣，告知李俠以後不能給客人亂扎針放血。沒想到幾個月後新竹名醫何英強來夜奔北京入住，他用小針刀給一個德國客人扎後頸椎治病，李俠興趣盎然地觀看，此為後話了。

感恩節之後的第二個早上，美國學校的老師與學生都陸續起床，在客棧各個角落聊天、喝咖啡，延續捨不得的氣氛，大家看到李冉後都紛紛要求合照留念。有一個名字叫 Paige Hulsey 的女老師長得非常漂亮，她五官非常精緻立體，長長的金髮，笑容可掬。她早上也跟李冉合照，我當時幫她們拍照時就覺得這兩個人都很有專業的鏡頭感，拍出來的照片跟其他人不一樣。Paige 幾年後回到美國，當上電視台的主播，後來也嫁給一位媒體人，現在夫妻倆都是知名新聞主播，過著很幸福的日子。

接下來的幾年內，李冉持續努力接戲，也嘗試了各種表演課程，增加自己的專業度。有一段時間她搬到上海，大概有一年半的時間我們沒有她的消息，夜奔也進入了擴張期，我在忙大同與平遙的選址，隔三岔五地離開北京，沒有特別關注李冉。等再次見面時，她很開心地回來告訴我們，她拍了一部網大，而且是女一。

網大就是網路大電影，說白了就是現在的 Netflix 電影，但是中國的門檻低很多，那個時候愛奇藝在中國剛剛開始興起，我完全不知道這個新鮮的媒體生態，女一就是第一女主角。我手機沒有下載愛奇藝，李冉很興奮地叫我一定要下載，花五元就可以看一個月的電影，她的電影就是其中一個，我們像一群鄉下土包子一樣才知道原來手機看電影已經改成這種模式，大家都下載了 APP，訂閱她主演的第一部網大：《猛烈》。

看完之後，我知道這是一部低成本製作的動作電影，但是聽說這種題材與拍攝手法很適合當代小縣城年輕人胃口；有些微的暴力，有報仇的橋段，有女子狠揍男人的畫面，打鬥場景接近八〇年代初期的香港武打片，沒什麼特效，沒什麼替身，都是一鏡到底。對話也是簡單粗暴，劇情邏輯單純，看開頭就可以猜到結局。李冉演得很用力，我給金重先生看了，他的第一反應是：用舞台劇的方式演出電影畫面，用力過度。

但是李冉畢竟創出了自己的天地，當時年紀僅二十二歲的李冉，已經變得非常成熟了。電影圈的日子起伏很大，我耳聞很多演員一旦擔任過主角就不可一世，寧願等待也不願意去嘗試其他配角的試鏡。李冉持續嘗試各種可能，小網劇、廣告、阿凡達女郎，甚至兒童舞台劇等等。李冉對於夜奔來說已經是一個會消失一段時間再回來報告生活的夥伴，我們很習慣在一段時間之後再聽她又做了什麼。她從來不覺得自己有什麼高低起伏，就是一直在找下一個機會而已。

我偶爾還是會關心她的武術鍛鍊。我個人心儀的功法大都是很傳統的東西，招引來的朋友們也多半是對身體技巧的挪用比較感興趣，外在的表現反而其次，我們沒有舞台表演的觀念，相比之下，李冉每次研究動作都在考慮畫面感受。煙台劉中一與張則浩來訪時，我請他們開課講授螳螂手法，他們師兄弟兩人根本就是變種人，小臂練到跟金剛狼一樣，上來就找人磕手臂，螳螂手勾黏就拉打，變化都在小細節。我把李冉也叫來一起上課，她學習的過程中不斷構思，這要怎麼放在電影畫面裡呈現？有一次有一位西班牙背包客說他練形意拳，曾經在鎮江住過好幾年學拳，我一看他動作，的確有下過功夫，也請他開一堂課，形意拳多樁功，動作不外顯，李冉就興趣缺缺，自己去旁邊翻跟斗了。

李冉是長拳底子的身體。長拳確實是好拳，拳架本身純淨如白水，練起來很舒暢，嚴格來說，是所有北方拳種的母拳。長拳除了完善的訓練體系之外，最大的優點就是轉化性很強，而且不容易走味。練長拳功底的再學螳螂拳，上手速度非常快。其他諸如劈掛、通背、炮捶、八極、太極等皆然。長拳有點像鋼琴，彈鋼琴建立的音準與基本樂理，可以在學習新樂器時快速疊代上升，或繼續在鋼琴本身深造技藝。長拳可以展現非常漂亮帥氣的姿態，但是也有一個缺點，一不小心就會變成花拳繡腿。我因為個人對長拳的喜愛，總是孜孜不忘地提醒李冉一定要繼續練長拳，而且要往深層的拳理去挖掘，不要步入花拳繡腿的路徑。

有一次李冉在傍晚的院子裡練劍，她自己買了一把武術表演的響劍，劍身是軟鐵，比玩具劍還輕，手一抖就會發出皮卡皮卡的聲音，劍術套路本身也是飄來飄去，沒有劍法。我又多管閒事，拿了一把木劍給她，再給她幾個劈刺提撩等動作加入到套路裡。她嘗試了一會兒，把劍還給我，說了一句話：「這樣練劍，我的感覺都沒了，你說的劍法都是割手腕挑脖子的，是格殺用的，但我要做的是表演用的，完全不一樣啊。」

對啊，她其實一路走來都知道自己是誰，要做什麼，她對她的武術之路也有很明確的規劃，是我自己自作多情了。自此之後，我就不再過問她武術的鍛鍊方式了。

二〇一六年八月二十九日早上，張大春老師一通電話請我到北京香格里拉飯店吃早飯，我吃了一頓豐富的自助早餐，席間，大春老師給我介紹了一位電影製片人，並且告知可能有一些劇本的創作。我提到了幾個人，其中一位就是李冉。李冉的個人特質，她的武術背景與外型都吸引了一些電影製片人的注意，大春老師也在接下來的一段時間經常往返北京，每次都會問到李冉的近況。二〇一七年的夏天，張大春老師在北京舉辦簽書會，晚餐跟一位老朋友用餐，席間邀請了《瘋狂的石頭》編劇一起加入，晚宴就在東單的麗晶酒店。我也接到了電話，大春老師說一句：李冉如果在夜奔，就帶上她一起來。我沒跟李冉說要見誰，就讓她穿著清爽的跟我去吃晚餐。這些導演、製片、編劇都跟她聊了電影，我變成陪襯，有一搭沒一搭聽他們對答如流。

二〇一七年上映的一部中國喜劇電影《反轉人生》是由開心麻花和貓眼影業聯合出品的，算是一部中國一線的國產電影，卡司導演與製作都算得上是高端產品。這部片的副導演洪嘉勵是台灣人，她也是夜奔北京的隱藏版常住客。嘉勵經常往返兩岸三地，在北京等劇組時就到夜奔北京休息，有時候甚至跑到夜奔大同小住數週，對我們來說她也是自家人，所以跟李冉也很熟。嘉勵聽到李冉回北京了，想盡辦法幫她安插一個鏡頭，李冉把握機會，跟她心中的幾位偶像前輩一起同台演出。這次多虧了嘉勵，李冉總算是上了一線大銀幕。

李冉踏上演藝之路也有一段時間了，我親眼看著她一路顛沛流離。有一年她甚至為了接一個外交使團的表演團，遠赴非洲某一小國去表演武術，出發前為了預防瘧疾等疾病，要打針吃藥各種預防措施，身體反應很大，但她都咬牙忍過去了。總算在二〇一七年之後展露光芒。

她再次消失一年，有一度她從四川某高山上發微信報平安。二〇一八年她光榮回夜奔北京，這次主演的《狙擊者》大獲成功，後來甚至在中國的中央電視第六台播出，

「冠縣女孩」的名聲一下子火紅了。

李冉私下找我聊天，說想給我一筆錢當之前的房租。我謝絕了，我知道她是個直腸子，心裡總覺得虧欠夜奔什麼。我跟她說了幾次，她不是我們唯一的借住客，也不會是最後一個。當年她老師王秀芬一句話，我答應了會照顧就是會照顧，這是武術圈的事，跟經營客棧兩碼子事。

李冉還是很可愛，她想用另類方式回報。她跟何娟商量，既然我們現在入住率很滿，她乾脆在胡同附近租零散的空房，裝修之後讓我們再多幾個客房來賣，如果她回北京也可以自己住。何娟傻傻很可愛地覺得真是一個不錯的主意，但是我一口回絕，也提醒了一下何娟：非法的經營我們不做。

我們在二〇一九年確實經營得很好，房間已經從年頭到年尾都賣光光，真的做到一房難求，客棧盈利也到達最高點，李冉的演藝事業也很順遂。二〇一九年底我要回台灣前，我訂了百米粒的外帶，打電話給李冉，要她來夜奔一起吃晚飯，我們道別時還說，一切大好，順順利利，大家一起過個好年，明年開心見面。

二〇二〇年初，一場大疫，改變了一切。夜奔北京結束營業，我沒有辦法回到北京。李冉的演出全部取消，所有試鏡通通無限期關閉，電影產業冰封。

五月底，我給李冉打了 FaceTime，互道平安。她再次回歸到剛搬到北京的狀況，只是這次她自己租了一個小套房，每天在房間裡開吃播，嘗試新的媒體轉播，等待下一場硬仗。

冠縣李冉的笑容依舊，有農村泥土的芳香，眼睛裡有大地的光芒。

黑道頭子。

夜奔北京到二〇一二年初就開始小有名氣，入住的客人需要提前三個月左右預定才能確保有房。但是偶爾還是會有臨時的預訂，如果剛好有房就可以安排上。大部分的客人都是歐洲來的，所以入住時間會比較長，最短三到五天，也有人一次就住兩週以上。蓋瑞特很喜歡接單安排房間。對於一個擁有日本靈魂的美國處女座會計人來說，能看著房間的入住表格一個一個被不同人名排滿是一件很療癒的事情。他的一個樂趣就是在接單時寫滿小備註，譬如：「某個客人的 last name 跟某一個 NBA 球星一樣，他們也許是親戚？」或「此人標註要女生宿舍房，但是名字看起來是男生，也許是個玩笑？」或「這個看起來是假訂單，因為客人地址是北韓」等等各式各樣的留言。

讀蓋瑞特的留言可以發現這些小細節，大部分都是他自己猜想觀察的。但有一次他又留了一個小備註，在一筆臨時訂單上寫：

「我認為是假訂單，是否考慮不要保留房間，繼續開放販售？」

我就在他上班時問他為什麼昨晚排房時會覺得這是一筆假訂單？

「因為他訂房的名字是 Happy Sanchez，這種名字不可能是真的啦。Sanchez 是每一個墨西哥非法移民慣用的姓。在美墨邊界如果被抓到，又要賴不想被移民官找到自己的身分遣送回國的話，就說自己姓 Sanchez，再找個無償律師來申訴，搞不好就能留下來。再說 Happy，誰會叫 Happy？只有黑社會的代號才會用。Happy Sanchez 聽起來就像三流的暴力小說或灑狗血的電影劇本才會出現的名字啦！」

按照他的話，Happy Sanchez 就像什麼「山雞哥」或「刀疤李」這種名字，按照假訂單的標準處理流程就好了。但是我有一種預感，也許這是美國人的幽默感，或許真的有人來住，只是用一個自己覺得有趣的方式訂房罷了，反正是臨時訂房，先把房間留下來看看，如果真的當天沒人來再開放訂房好了。

二〇一二年二月二十二日星期三，下午一點左右，走進來兩個長相奇特的中年男子，一前一後走進來，走進來的時候有一種慢動作鏡頭的錯覺感，根本就是狗血幫派電影的畫面，前面個頭矮小，肚子突出，脖子上掛著大金鍊，一看就是老大。後面那個肩膀是正常人三倍厚的高大黑人男子，身穿西裝打領帶，腕脖子渾厚扎實，手指粗糙，如果不是在北京市中心，我都要懷疑他西裝裡藏了一把土製手槍。

「我要入住，我叫 Happy，這位兄弟……是我的牧師。」

他的「牧師」就在他說完話之後，快速地從手提包裡拿出兩人的護照，遞給我們，打開一看，名字竟然真的是 Happy Sanchez。蓋瑞特看我一眼，想笑不敢笑的。他的黑人牧師的名字也很特別：Diamond Morgan，鑽石摩根先生，這兩本到底是不是真的美國護照啊!?看了入境章，也確定是今天入境北京的，應該沒問題吧？

先幫他們安排房間吧，Happy 老大倒是很健談：「我們啊，平常住習慣連鎖的大飯店，但是啊，你知道的啊，那種地方無聊透頂，全世界每一個房間都差不多，一點樂趣都沒有，你知道我說什麼吧？我上禮拜跟鑽石……牧師聊天，他說我們應該去北京看看長城，吃個烤鴨什麼的，我覺得這個主意真是棒透了，所以我們就決定來了，你知道我說什麼吧？本來要有好幾個兄弟……教堂的兄弟要來玩，但是他們沒護照，要弄太久了，我們就決定兩人先來玩。你知道的，這種突然決定要去玩的旅行最棒了，讓我想起年輕時常常要隨時開車跑路……不是，開車上路旅遊的心情，真是棒透了！你知道我在說什麼吧？」

他講話有一種特殊口音，動不動就說：「Ya know what I'm sayin?」非常典型的墨西哥幫派講話方式。我們處理他的護照登記時，必須要跟北京公安局的系統聯網，這是北京合法旅館裡都要有的設備，所以我跟蓋瑞特都在等系統上傳時會不會出現紅燈，紅燈的意思就是等一下警察就來了。還好，綠燈亮了，身分核查沒問題。

帶他們去房間，他沿著院子走到底，沿路說好棒，妙極了，鑽石先生倒是很冷靜，腰桿挺直，不疾不徐地跟在 Happy 身後，對了，我都忘了說，他墨鏡始終沒有拿下來。其他的歐洲客人看到他們兩人都會很熱情地打招呼，Happy 真的很 Happy，會跟各國人打招呼問好，遇到西班牙語系的族群還會用西班牙語聊兩句家常，看起來心情很好。

當天傍晚，他們從房間出來，鑽石先生換了一套輕鬆的衣裳，但他的上身實在太雄厚了，寬鬆的衣服也很難掩蓋他寬厚的肩膀。尤其是那一雙大手，指關節充滿了毬繭子，職業拳擊手才有的特徵。這位「牧師」平常應該很喜歡在禱告之後打沙包。

Happy 看到我跟蓋瑞特都在，就來問晚餐推薦。

「聽說北京的烤鴨好吃，你們能推薦嗎？我們要吃最好的那種，你知道我說的嗎？我們只來兩天，你不用幫我們省錢，你知道吧？就推薦最好的那種。直接幫我們訂吧，我跟鑽石一人要一隻烤鴨，要頂級的那種，跟頂級牛肉一樣的那種，你知道我說什麼吧？」

我推薦大董烤鴨，並且告知兩人吃一隻綽綽有餘，不需要一人一隻。

「喔不，兄弟，你不知道，我們很期待吃北平烤鴨（美國餐廳都寫 peking duck，而不是 beijing duck），我餓極了，老兄。我想鑽石也餓死了，對吧鑽石？我可不想吃到一半跟他搶盤子裡的食物，你知道我說什麼吧？我們來北京就為了吃這個北平烤鴨，所以一人一隻，沒問題的！」

以客為尊，我幫他們倆預訂了大董烤鴨店，兩人預訂兩隻烤鴨。電話那頭的女生冷冷地說：「沒吃過烤鴨嗎？兩人吃一隻都吃不完了。」

我霸氣回答：「給烤上兩隻烤鴨，訂的是兩位爺們，付現金不刷卡。」

他們入住時就強調了，他們所有消費都要付現金，不刷卡，這種行為在中國很正常，但是在美國就不尋常了，所以他們特意交代，我就順口告訴大董服務人員。

晚上酒足飯飽回到客棧，Happy很滿意，說一人一隻烤鴨剛剛好，還點了好幾瓶酒，開心極了。我看不出來鑽石先生到底有沒有吃飽，他臉上表情不太豐富，實在不知道有沒有玩得盡興。他們早早就寢，不像有時差的美國人。

第二天一早，胡同門口停了一台高級的黑色轎車，司機穿著正式，進客棧找尋Happy二人，不知道是誰幫他們安排的私人行程，要去慕田峪長城。司機客客氣氣地在門口等他們，不久後兩人一前一後從房間出來，簡短打聲招呼就上車了。阿姨去整理他們的房間，說床單被罩都整齊排放，像當兵的宿舍似的，乾乾淨淨，不像住過人。

蓋瑞特當天無聊，決定查一查這個名字：「Happy Sanchez」。結果讓我們很驚訝，我們在鄉野辭典網站（urbandictionary.com）看到了以下這段話：

“Taken from drug dealers in San Francisco's Mission district in the 80's-90's, who would show drugs for sale and then snatch they money offered and run away.

One drug Dealer in particular, a street musician, had the street nickname ‘Happy Sanchez’ due to the fact that he smiled and was super friendly before, during and after.

He would play guitar, sing, offer drugs and then take off after money was handed to him.”

看起來這個名字已經成為一種傳奇，才會被寫入這個辭典裡。裡面提到八〇到九〇年代在舊金山的這位傳奇的音樂教父藥頭，總是用很友善的微笑，配上自彈自唱的吉他接近道友，給對方看了毒品之後再把錢搶走。有點像我們的這位尊客啊，但是他房費已經付了，他也沒帶吉他，應該不是同一個人吧？

蓋瑞特有點害怕，他覺得如果是的話，搞不好他們是來做交易的，那我們被警察上門的機率就很大。蓋瑞特當時是非法打工，很怕被捲進去。我跟他說別擔心，你不說我不說沒人知道，而且，你打工這麼久了都沒事，不用擔心。

黃昏時刻，Happy 跟鑽石二人組回來了，他們在大廳買冰啤酒暢飲，蓋瑞特在看書，我坐前台。蓋瑞特最害怕的事情發生了，朝陽門派出所的片警上門巡查，大搖大擺走進來要看電腦紀錄。蓋瑞特嚇得臉都白了，Happy 兩人倒是一派輕鬆的看這一幕。警察看了一下之後說只是檢查系統更新，最近很多聯網系統不順，看我們系統有沒有被防毒軟體覆蓋而已。講完簽個字，例行公事問一下近況就走人了。

Happy 拿著啤酒瓶湊到前台旁邊跟我聊天，問我剛才那個人是這一片的老大嗎？我回答差不多是這個意思，他就說：「唉，到哪裡都一樣，我一看就知道。」

我問什麼意思？他忍不住把心底話都講出來了：

「哪裡都一樣，做什麼都一樣，他們都一樣，你們的關係就是一個付錢打點，一個幫你掩蓋真相，對吧？我們也一樣，你知道我說什麼吧？（我心想，我真不知道你說什麼。）在老家，我們也是要跟這些老大打交道，表面上我們對立，實際上也是有這種關係的，你知道我說什麼吧？」

我笑笑，但是心底浮現了早上看到的資料。該死的蓋瑞特，這下我很難假裝不知道 Happy 是誰了。

「其實，老兄，你知道的，我坦白說，我的第一桶金也不是用完全合法的方式掙來的（我心想：不是完全合法？是完全非法吧！）。我是個音樂家，你看不出來吧？（我心想：shit，真的是你！）我對音樂是有熱愛的，但是一開始我沒錢，我告訴你，兄弟，男人的第一桶金很重要，你必須要掙到，任何方式都是好的，你知道我說什麼吧？因為有了第一桶金之後才有無限的可能。我為了我的音樂事業，很早就開始準備第一桶金了。」

我心裡想：他媽的，我知道你第一桶金怎麼來的，但我不能跟你一樣啊！

Happy 繼續說：

「其實賄賂警察是好事，越早跟他們建立這個關係越好，我告訴你，沒有什麼是錢不能解決的，人人都要為自己負責，不是嗎？剛剛說到第一桶金，我再告訴你個商業機密，小兄弟，我看你也是個會對自己負責的人（我心想，你到底在說什麼？？）你拿到第一桶金之後，不要持有現金，不要匯款，更不要放在銀行。你聽我的，一定要換成鑽石。鑽石可以放內褲裡，任何儀器都掃描不出來。你必要的時候可以帶著鑽石跑路。鑽石很容易換現金，重點還是比黃金好攜帶。我的第一桶金就是換成鑽石，你知道我說什麼吧？」

我開始不想知道他在說什麼，但是我很認真在記他講的話。

「總之，我事業越來越大，後來就做一些乾淨的事業（咦，所以你承認原本的事業不乾淨了？）我開始認真培育新一代的街頭音樂家。我在灣區有好幾個工作室了，都是舊倉庫改建的，裡面有非常專業的錄音室，我們產出很多不錯的ＣＤ，我個人最喜歡拉丁系的音樂，但是銷量最好的還是 rap，沒辦法，市場就是王道，你知道我說的吧？」

他開始滔滔不絕地說自己的商業模式。

「我兒子比較讓我傷腦筋。喔對了，我忘了給你介紹我兒子，你看，這是他的照片，我一直放皮夾裡，很帥吧？我這些事業都要給他管理，可是他沒興趣，他大學已經畢業了，很了不起吧？他是我們家第一個讀大學的，特別會讀書，我都給他準備好了位置，但他不願意來，他要繼續讀研究所，他喜歡學校，想一直做他的研究，而且說以後不想接手我的音樂帝國，你說傻不傻？但沒辦法，他特別倔強，我也沒辦法。」

講到兒子不願意接手事業之後，Happy 就有點難過，我真感覺鄉土連續劇裡的劇情原來都是現實生活的翻版，真有趣。

聊到最後，或應該說，我聽到最後，他們要準備休息了。Happy 說拍張合照吧，鑽石先生就拿出膠卷相機幫我們拍照留念。我覺得無論如何，這是個有趣的客人，也是個有趣的交流，也想拍照留念，就把我的 iPhone 給鑽石，請他幫我們拍照。

「喔不行，兄弟，不能不能，我不能讓你拍照，真抱歉。」

老大就是老大，一句話不怒自威。

Happy Sanchez 立刻恢復他的招牌微笑。

「不讓你留照片是為你好，相信我。祝你人生順利，Amigo。」

第二天一早飛機，兩人回美國，床頭留下一百美金小費，還有一張署名 Happy 集團出品的拉丁樂曲ＣＤ，我用大廳的電腦播放，旋律輕快，節奏熱情，很快樂的音樂。

祝一切開心順利，快樂的 Sanchez。

金鋼狼張則浩。

張則浩，我的好朋友，身材粗壯，肌肉發達，他跟他好兄弟劉中一兩人都是山東煙台人，一起練的螳螂拳功底，山東煙台區域的人骨架都厚實，他們倆打小一起練硬功，前臂更是堅硬無比，手臂看到樁狀物品就會去狠敲幾下，北方的樹木多半長得緩慢，木質扎實，密度很高。聽說他們硬生生把煙台區好幾個公園的樹都敲死了，兩兄弟在公園管理員眼中看起來真是惡名昭彰。後來開始敲馬路上的水泥電線桿、鋼質路燈架等等。我第一次跟張則浩敲手臂時痛不欲生，這可惡的傢伙常年把自己的骨面敲碎，復原，再敲碎，再覆蓋，骨頭密度已經誇張到非人類的地步，同時也已經磨損乾淨自己的痛感神經了。螳螂拳追求「猿型猴身寒雞式，貓竄狗閃燕青巧，兔滾鷹翻松鼠靈，龍騰虎躍螳螂刀」的身法要求，我看張則浩的一雙螳螂手刀是真的能擋車的。

夜奔平遙的院子裡有四棵棗子樹，算是老樹了。中秋之後會結滿脆棗，燒煤的李師傅都會在落果之前拿大梯子採收。張則浩有一年帶家人來夜奔平遙玩，我清晨聽到院子有啪啪的響聲，迷糊中穿衣服出來看，天微亮就看到張先生嘴裡叼根菸在敲棗子樹，地上已經落滿地的棗子。則浩有點不好意思地笑一笑，說昨天下午看到這四棵棗樹就手癢，今早起來忍不住輕輕敲幾下體驗體驗山西的樹木質地，他說挺好挺好，挺耐敲的。他這輕輕敲幾下就省去了我們爬樹摘棗子的麻煩了，我當時有點擔心棗子樹撐不過則浩的猛烈敲擊，還好他只敲了一天就跑出去找別家的樹麻煩。

那天之後我就叫他金鋼狼。我說他根本就是在手臂裡藏了金剛鐵骨，沒事不敲敲手會癢就是證據，我說野狼就是爪子不斷生長，所以要不斷刨硬爪，你張則浩的手臂也是。

如此剛猛的一個大男人，劈磚摔牆當兒戲，高濃度白酒當水喝，吃飯卻有個大禁忌，第一次知道這件事是他來夜奔北京吃飯時發現的。當時他來練拳，我跟他學崩步，他是那種重視練私功，不在乎套路的拳友，問什麼套路都大方教，一口氣把知道的動作、用法、拆解、變化全部講完，他覺得講給你聽不是重點，能不能練上身是你自己的事。我們一個下午就把崩步練完，到了傍晚，山東尹阿姨說想包餃子。阿姨是山東曲阜的，山東餃子捏得特別道地。張則浩之前不太留下來吃飯，聽到同樣是山東的阿姨要包餃子，又聽其他人說咱們阿姨的餃子可好吃了，垂涎三尺，又被我熱情挽留，就決定一起吃晚飯。晚上阿姨擀了麵皮兒，用肥瘦相間的豬絞肉拌了絞碎的山東大白菜、洋蔥末末、薑皮兒，還有醬油、芝麻香油等攪拌調味，包好立刻下鍋，滾水麵湯翻滾三次出鍋的餃子真的好吃，難怪張則浩抵抗不了。

我在他桌上放了空碗，大蒜、醬油與醋，還有一雙鋼筷。

他第一次出現懼怕的眼神看著鋼筷，站起來遠離餐桌，偷偷告訴我快換一雙木頭筷子，他吃飯不能用鋼筷。

我一聽可樂了，手臂練得如鐵似鋼的張則浩，吃飯竟然不敢用鋼筷？這是什麼道理？後來他很尷尬地解釋了原因，他幾年前的一次晚餐跟一群人喝酒，那次喝到天花亂墜，記不起來發生了什麼事，清醒時發現鋼筷插進自己的牙齦縫裡，那畫面太美，讓他從此之後看到鋼筷的心理陰影面積龐大，導致吃飯時不敢再用鋼筷。

原來金鋼狼吃飯怕鋼筷，真是一物剋一物。

我跟則浩是在武術圈子裡認識的，他也真是個拳痴，我們見面或微信群裡基本上就是聊拳，我們認識了好幾年才偶爾聊到他的工作，原來他是北京電影學院畢業的，一直在電影與電視劇組工作，雖然家住北京，但是一拍戲就幾個月不見人影，大江南北跟著劇組跑，非常辛苦。算起來，夜奔北京住過很多電影人，但我一直沒把則浩跟其他的電影人聯想在一起，某一程度應該是我的內心把他歸類在我的武術朋友這一票，所以每次有個什麼導演、編劇來訪時，我總是忘記邀請則浩，反而是有拳友來交流就會興致高昂地叫他快來玩。

有次我突然想到一件事，就問了問則浩他的工作。

我：「則浩，問你個問題，你接的戲有武打動作嗎？」

張：「有！挺多的啊，我們合作的武指大部分是香港老牌的。」

我：「那你跟武指熟嗎？你們交流動作嗎？」

張：「熟得很，一起抽菸，一起喝酒，一起吃火鍋，但從不聊拳。不一樣啊，完全不是一件事，你不懂，拍戲的武跟我們練的完全不是一件事，完全不是啊。」

我：「你沒想過把螳螂拳的拆解放進武術電影裡？」

張：「沒。等哪天有金主找我拍一部螳螂電影，我就來設計。」

張則浩平常不怎麼抽菸，但是只要一拍戲，或靠近拍戲的日子，菸癮就上來，一根一根地來回抽。在這種時間看他手裡叼根菸講解武術動作那股老練的樣子，實在很想找個紀錄片導演拍下來，再弄個黑白的濾鏡後製一下，等哪天真的有金主找他拍電影時我就高價賣給這個電影公司，珍貴歷史畫面啊！則浩雖然抽菸，但是他肺活量很好，他早上有鍛鍊體能的習慣，不拍戲的日子每天早上固定跑十公里，都是天不亮就開始運動。我去煙台時看過他們師兄弟的作息，確實是不分寒暑，酷日或大雪都是每天早上五點開始練拳，七八點陸續收工之後去上班，都是老大不小的成年人，工作與生活的壓力沒有阻礙過他們早起練功。

有一次則浩接了一個大場面的戲，戲裡有個畫面需要上百人做背景，連續拍好幾天，他們劇組到處去找臨演補充。為了趕戲，穿的古裝戲服幾天不能洗，現場的汗臭、狐臭排氣量沖天，很容易造成男性荷爾蒙衝突。殺青的前一個晚上在片場外面有幾個年輕小伙子年輕氣盛，吵架吵到動起手了，這一打像一把野火一樣，一口氣就燒了上百人，幾百個人把幾天的怒氣一口氣全爆發，臨時演員裡本來就有很多人是出來混日子的，說不上是流氓但也不怕受傷，豁出去混戰亂打的一大堆。則浩一看狀況不得了了，打下去明天最後一場戲不用拍了，劇組拖不起這個損失。他跟幾個道具組的粗壯男子趕緊去拉架，場面一片混亂。還好沒人抄傢伙，都是拳腳相向，按照張則浩事後的回憶錄記載，這種大亂鬥的場面什麼武術都沒用，平常一打一哪怕一打二，他不用什麼技巧胡亂劈掄都能奏效，但遇到片場那次只能盡可能地減少自己的損傷，還好一般人的拳頭根本沒什麼力道，不幸敲到金鋼狼的人自己手沒斷掉也痛得失去鬥志了。

他手機裡記錄了當天監控的畫面，當時邊講邊給我看，真是千軍萬馬大亂鬥，毫無章法的打來打去。我反而覺得他們要是都穿上了古裝，架起攝影機後再打，那精彩畫面就可以放入電影了。

則浩說還好這種暴動都沒人有什麼策劃，打一打就慢慢收手了，各自摸摸鼻子回去睡覺，隔天願意上工的繼續拍片，不爽的人就捲鋪蓋走人了。「拍戲現場就是這種生態，什麼狗屁事情都會發生，你永遠不知道現在會出什麼狀況，越大的製作風險越大。我們練的拳都是莊稼把式，平常街頭小混混應付應付得了，搞不了一打十這種騙人的把戲，所以還是低調點，別告訴別人我們練拳。」金剛狼張則浩的江湖口吻，講完還會慢慢吐一口煙。

天津寧宇也練硬功，但他身材骨架沒有張則浩這麼厚實堅固。寧宇是天津聾爺一系的八極拳，硬功練法一大堆，給他一棵樹可以換一百種撞法，除了頭頂、會陰、尾椎、顏面不撞之外，其他身體任何部位都有撞法，講究得不得了。煙台七星螳螂的硬功集中在前臂與脛骨面，比較單純，近乎土法煉鋼。我第一次介紹他們兩人認識時可有趣了，我現在回想起來都好玩。河北八極拳與山東螳螂拳都是土拳，也是古拳，兩人都久仰對方門派的大名，兩人也都是北方大漢。我們在夜奔北京見面沒多久，兩人就在院子靠上了，劈哩啪啦互相撞擊，當時是個夏天的傍晚，滿屋子的歐洲住客看兩個水滸大漢怎麼一言不合就鬥牛起來，骨頭對骨頭猛烈對撞，簡直嚇死寶寶。

寧宇跟我一樣，很快就受不了張則浩的手臂，那根本不是正常人的骨頭，甘拜下風。但則浩對八極拳裡的各種拍按手法也很感興趣，互相交流了各種練法。寧宇咧個大嘴笑呵呵地說：「能把手臂練到張哥這分上，練嘛拳都一樣，沒人扛得住啊！」則浩也開心：

「你們八極狠啊，身體什麼部位都能撞，要都練上身了那不得了，銅牆鐵壁啊！」

他們兩人都是門內一把一的好手，門裡的套路，功法都掌握得八九成了，沒想到每次見面都討論硬功，對於拆解運用反而沒那麼好奇，可見在老派傳統功夫裡，硬打硬拿的抗打力還是很重要。

他們見面之後沒多久，張則浩回了一趟山東，不知道在哪裡找了一堆鐵砂，用鍋子炒熱了之後開始雙手洗砂掌。他興致高昂地在微信群裡每天發他手刀炒鐵砂的畫面，實在很嚇人。他明明說咱們要低調低調再低調，謙卑謙卑再謙卑，怎麼搞起鐵砂掌了？只能說他是有點享受這種自我虐待的鍛鍊吧。

我的武術朋友群大概分成兩種，一種是比較凶猛，喜歡身體碰撞，一言不合就喜歡試手，完全不在乎練拳除了打架之外還有其他意義，不相信練拳能養生或修身，這一幫人完全不相信太極推手有任何實質意義。另外一群比較溫和，講究傳承，喜歡研究訓練法，對細膩的變化感到興趣，也會結合練拳與養生，當然，也研究推手。我在這兩個武術圈子裡看到的是完全不一樣的景象，當然，互相之間也不盡理解對方，甚至常常看不順眼對方的觀念。

原則上張則浩是屬意第一種，他私下講了好幾次不相信推手有任何實戰的意義。但是他心態是保持開放的，他也常說雖然自己不練推手，但是這練法能被這麼多人推崇，肯定有它的好處，每個人喜歡的不一樣，也不必要批評。我覺得他能講出這句話有一定的胸懷。二〇一六年有家出版社來找我，他們要幫一位太極老前輩出一本書，內容是有關三爺劉晚蒼先生的。劉晚蒼先生是山東人，自幼練十路彈腿，後來接觸太極拳，八卦功，少年時在北京城享有盛譽，並且在民國初年獲得陝西省大槍冠軍。這本書會在劉先生的一百一十歲冥誕之日首發，並且邀請到他的再傳家徒劉培俊先生，講解家傳彈腿與太極。

劉培俊先生是劉晚蒼先生的堂弟，繼承了他的武學，在山東武術界德高望重，那次也特別到了北京準備新書發表。他告訴出版社希望能在一間北京的四合院辦這件事，因為當年他們就是在北京的四合院裡學拳。出版社的負責人胡志華女士接下來這件事，挨家挨戶打聽四合院，得到的結果有兩種：政府管理的公家四合院不外借，私人的四合院開天價租金，遠遠超出了出版社的預算。胡女士輾轉打聽到我們的四合院，她聽人說我喜歡武術，雖然沒有介紹人，還是自己上門來洽談。我不知道她之前都遇到了什麼人，但我跟她見面聊兩句就覺得她是有心人，做事認真，而且推廣武藝是好事，她還沒說完我就同意來辦理。唯一的要求：請劉先生當天公開推廣十路彈腿，最好能請他們再找幾組不同門派有練十路彈腿的一起相聚一堂，互相觀摩學習。胡編輯很擔心費用，還是想先問清楚，她當時還不認識我們，不知道我們自己其實就常常辦這種武術聚會。我說不要費用，不然請作者送我幾本簽名書，大家交個朋友就是了。我的意思就是三五本書，意思一下就可以，辦活動對我們來說無關痛癢。沒想到活動當天他們搬來三大箱，好幾百本書，我怎麼婉拒都不行，後來才知道，胡志華編輯也是山東人，這一群山東人做事就是豪邁，只怕對方吃虧，完全不在乎出版社是否合乎成本。

張則浩本來聽到是太極拳的聚會，電話裡說不去不去，他說不懂太極來湊什麼熱鬧。我跟他說兩件事：第一，劉先生是山東人，為了這事千里迢迢來一趟不容易。第二，他不只會太極，也練十路彈腿。張則浩對於「山東老鄉」這種事情沒什麼抵抗力，他對山東老家有一種很強的情感，只要講到誰是山東人他就開心。還好當天他有來參加聚會，甚至在開場的時候代表七星螳螂下場表演了一套崩步拳，快捷有力。當天的場面盛況空前，我當時真的孤陋寡聞，不知道劉晚蒼先生在民國初年名聲很大，而且為人仗義，留下美名。當天北京太極拳界各家長老都出現在夜奔北京，會場辦到下午還有許多其他門派的先生們都到場觀禮，一時間人聲鼎沸，好漢聚集。

我當天很高興，忙裡忙外接待各家長老，都是武林前輩，很多都是久聞大名而不曾謀面的。張則浩平常一副不關心武林動態的樣子，其實他對各家各派的狀況瞭如指掌，當天多虧有他幫忙給我各種協助，我才知道各家情況，如何應付。那天還出了一個小狀況，有一個北京摔角界的朋友也要來觀禮，張則浩聽說他要來有點緊張，他跟我說這個人雖然是武術界的，但是也混黑社會，有幫派背景，聽說他幹過一票大案子。今天是武術圈的盛事，大家都是一般老百姓，夜奔北京又是開旅館的，盡量別跟他有太多牽扯，很麻煩。

我看他緊張自己心裡也犯嘀咕，我們開門做生意確實盡量別惹事，能和氣才能生財。下午這位摔角先生來了，他反而彬彬有禮，跟兩個朋友一起站在門口，雙腳不踏進院子，請我們通知劉先生一句話：「當年咱師爺跟劉三爺是過命的交情，隔了三代交情還在，今天聽說為了劉三爺辦活動，必須親自來道賀，但是不太方便進來，人在門口鞠躬了。」劉培俊先生趕忙跑到門外相見，也沒有邀請他進來，兩人互相寒暄了幾句就走。則浩跟我當時趴在屋簷上俯瞰他們，他說還好對方有規矩，知道自己江湖身分複雜，不給主人添麻煩，北京還是北京，該有的人情世故還在。我一直沒問則浩怎麼知道那位先生的江湖背景，但有些事還是別問比較好。

新書發表會結束之後，各家拳友陸續離去，劉培俊先生與他的兩位年輕學生留在夜奔北京，則浩也幫忙收拾東西，劉先生問張則浩要不要體驗一下推手，我本來以為則浩的個性會婉拒，沒想到他放下手中的東西就去跟他的學生體驗了推手，也按照定步推手的方式進行。金剛狼放下他最堅韌的利爪來搭手了，那是他第一次嘗試太極推手，我很高興目睹了這一幕。

夜奔北京二〇一六年之後的武術課程有了固定班底，學員大部分都是在北京漂泊的工薪階層，週間的日子努力賺錢，一到週六日就跑來夜奔北京練拳、喝酒、煮火鍋，有時候乾脆過夜，是一批非常有趣的年輕朋友。我給大家設定的基本訓練是圍繞著十路彈腿展開的，主要授課老師是北京三皇炮捶拳的劉異老師。劉老師是真正老北京，小伙子的年紀，老江湖的口吻，逗趣的上課方式，讓課程保持愉快有趣但是也著重鍛鍊。二〇一七年之後也邀請了胡玉濤老師的授課團隊一起教課，他們傳授八極拳基本功，夜奔北京用長拳八極雙管齊下。我一直希望張則浩也能加入我們，再開一個七星螳螂班，三國演義更精彩，但是他因為經常外出拍戲，無法連貫開課，引為遺憾。

後來有了折衷的一個想法，我每隔一段時間就邀請大家到夜奔大同過週末，同時進行連續兩天的密集訓練，早上下午都練習。有一次我邀請則浩跟我們一起去大同，請他帶領大家練七星螳螂拳。

大家都是長拳功底，七星螳螂的很多功架本來就有長拳作底，所以學員都上手很快。張則浩也認同長拳螳螂是一家，先用長拳打底很適合，所以他每次到大同開課都會教「插捶」。插捶是七星螳螂的基本拳之一，大弓大馬，大開大闔，來回奔放，整體套路八分長拳兩分螳螂，的確是很好的入門拳。張則浩對基本拳很注重，他覺得與其記憶一大堆複雜的拳，不如好好整理一下基本拳，再按照難易度，每個階段留下一套即可，否則螳螂從王朗祖師爺開始傳承，歷朝歷代都會添加內容，現在要繼承的東西太多了，傳承變成了記憶力大賽。

則浩的胃口也是山東好漢，他除了喜愛麵食、包子、餃子之外，也熱愛牛羊肉，喝酒也貪杯。他在大同期間帶他去吃過一家潮州人開的火鍋，老闆全家老小都從廣東潮州搬到寒冷的大同，吃住都在這家火鍋店裡。他們用南方的刀法切北方的牛肉，把細膩的肉片帶入粗獷的塞外之地。大同靠近內蒙古，牛羊肉原本就肥厚鮮美，但是一般來說北方人料理肉品都比較粗枝大葉，肥肉瘦肉區塊不分彼此，全都手起刀落切下去，下鍋一燙，七上八下變色就蘸滿滿的腐乳芝麻醬吃，稀哩嘩啦全下肚。潮州火鍋不一樣，牛肉可以分十多種不同的部位，每個部位口感都完全不一樣。大同肉價便宜，張則浩自從第一次被我帶去之後，每到大同必訪這家店。

有一年冬天，他暫時沒戲也無聊，就來夜奔大同住一段日子，那段時間很悠閒，外面實在冷，我們每天在家自己煮火鍋，他跟潮州老闆混熟了，一天按照三餐打電話叫他們送牛肉過來，我們自己在客廳架設一個電磁爐，三餐吃牛肉，營養過剩。那段日子外面非常冷，但是冬天的太陽又很舒服，有時候他吃得渾身暖暖地就想出去溜達，我們穿得嚴實去老城走走，他看到一家雜糧鋪，老店形式，在滿地土壤的門口放幾十個大麻袋，捲口向上，放滿滿的穀類與豆類。則浩很感興趣地觀看，買了一大捆放在布袋裡，再去找個裁縫，把豆子分放到幾個破舊牛仔布裡縫緊，放在夜奔大同，當成拍手掌的沙袋。袋子裡放的是大豆一類的乾糧，雖然堅硬，拍久了也就逐漸粉碎。他自己不太拍，說是做了給我玩的。後來這個牛仔布的大豆沙袋就留在夜奔大同的客廳，被陸續而來的客人當沙發靠枕了。

則浩個性裡還是帶著一點孤寂。在大同的日子裡，雖然日子清閒自在，偶爾還是會看到他一個人坐在某個角落，不知道在想什麼，安靜的當個孤獨的金剛狼。

則浩對螳螂拳用情很深，雖然他嘴裡常常講他不在乎螳螂門接下來的發展，但是我知道他口是心非。他一邊認為螳螂拳如果不改革，會很難延續傳承，另外一方面，又認真搜尋各種螳螂文獻、老譜，視為珍寶。我好幾次經過香港轉機，入境逛銅鑼灣書店時，則浩都請我幫他找尋香港民間的螳螂出版物，尤其是羅光玉一系的傳承。當時煙台的螳螂拳隨著北師南下，經過上海精武會，再進入香港，而後出口到東南亞、歐美各國，其中在香港的階段最讓則浩感到好奇。他研究了大量的網路影片，覺得從煙台到歐美，這一路走來應該就是在香港這片土地上發生了變種，他想搞清楚當年到底發生了什麼事。

拳很迷人，我很清楚。遇到了好拳像遇到了知己；把拳練上身了，就像知己變成情人，黏在骨髓裡，一輩子的情，難分難捨。

張則浩是我的好拳友，但是他很孤獨。孤獨對練拳的人不一定是壞事，他專研拳術，苦練硬功，蒐集古譜，探索南塗山棍法，都是難分難捨。

金鋼狼張則浩，骨子裡有的不是鋼爪，是對山東煙台螳螂拳的滿腔柔情密意。

寧宇。

我的好朋友，天津塘沽人，濃眉大眼，北方長相。

家族世居天津七代，按照族譜，他是『書』字輩，原本的名字叫寧書宇，父親覺得麻煩，『宁宇』二字用簡體寫只差一劃，看著有趣，就把他名字改了。從他這一代開始，不再排字輩。

塘沽在天津東南角，沿海地帶，北接寧河，南臨河北滄州。八極拳、劈掛掌、燕青拳（迷蹤架）、功力拳等盛行，塘沽小男孩大都練滄州的拳長大。寧宇從小練八極拳，承襲的是滄州一系，師爺爺在天津虹橋與南開跟聾爺吳秀峰練拳。雖然從小學的是滄州的八極，但是對鹽山系、羅瞳系的八極拳有涉獵，對外不承認有研究，我們自己私下交流時他喜好模仿不同體系的八極架，外型總有八分神似。每次演練完，總是滿臉歡快地問我：「像不像？很像吧？他們就這麼練，哈哈。」

很樸實的笑。

天津習慣，管好朋友叫哥哥、姊姊。寧宇不喜講普通話，平常聊天愛用老天津話，從不管對方是否聽懂。每次通電話，永遠是哥哥最近如何如何？有嘛事跟弟弟講，一句話給你辦妥妥的……常令我有混江湖的錯覺。

他大學在南京，北方男孩在江南生活四年，提起來就是江浙滬永遠曬不乾棉被。四年中，他自稱收了個徒弟，其實就是他室友，浙江溫州人，生物醫藥專業，從小迷戀武俠小說，大一入學時發現同屋的天津室友每晚都在宿舍門口練拳，劈哩啪啦的打拳跺腳，聲音響亮，震腳的聲音能把六層樓的感應燈全都打亮，驚嘆整個男生宿舍。他立刻磕頭拜師，把寧宇樂得不行。四年教他兩套拳，畢業前告訴他出拳打出響聲的祕密，室友恍然，原來江湖一點訣，說破不值錢。

畢業後回天津，在港務局工作，天津保稅區，世界各國的進口食品需要冷藏，寧宇一年四季都穿厚重的羽絨大衣在冷凍庫驗貨，收入不高，工作時長。有一次跟上級領導口角，對方知道寧宇練拳，怕他惹事，就把他開除了。寧宇一氣之下，翻閱各種法律，找出漏洞，狠狠地舉報公司，拿到了該有的補償。他也因為來回跑天津司法局，所以就在司法局混到了一個閒置，每天早上負責接待來訪的各種法律諮詢。

經此一事，他對法律產生興趣，報考北京政法大學法律在職班，開始瘋狂研讀律法，也開始固定每週兩天旅居夜奔北京的生活。中國每年有律師證特考，主要給非法律系專業的在職進修人士考取律師證。寧宇攻讀一年後在北京嘗試報名特考，他研究所的導師認為這是浪費時間，每年報考人數大概在六十萬人左右，僅錄取八千名，許多法律專業畢業生都要考好幾年才有結果，他認為寧宇不過上了一年多在職班，考上的機率近乎是零。二〇一七年底考試，二〇一八年放榜，寧宇榜首，拿到律師執照，跌破所有人的眼鏡，他立即辭去天津司法局的閒職，加入律師事務所，當月開始接辯護律師。我偷偷問他，你怎麼考上的？他說他是屬於幸運型人才。他的確認真準備考試，但是考試範圍太大，他就選自己有興趣的部分準備，結果考試的內容剛好都是他準備的，他只能解釋自己是「剛好都知道」的那種人。

當了律師後的第一年，案件勝訴率高達八十七％。事務所的合夥人說他是天生的律師，口才一流，思緒活化，舉證嚴謹，辯護邏輯透徹。唯一的缺點是他是整個事務所中唯一有律師執照但是沒有法律本科文憑的人。為了避免爭議，他今年年底決定回學校答辯，拿到畢業證書。他說像他這樣沒有文憑，卻有律師執照，而且勝訴率還挺高的情況，估計是北京政法大學的首例了。

我們的交情是從二〇一五年初開始，他週末在夜奔北京旅居的時候開始建立的。他第一次來的時候我們一群人正在吃飯，他開門就拿了一大包天津麻花進來，說我是你同門的好朋友，我來送你東西啦！說罷就坐下來跟大夥一起吃飯，稱讚阿姨的飯菜做得極美味。天津話本來就逗趣，他一頓飯說不停，把明達、辛未逗得很開心。那個時候他剛剛進入天津司法局，到北京就是為了報考政法大學，他說每週五、六要住，問我怎麼算錢。二〇一五年是夜奔北京還是 hostel 的最後一年，也是欠債最多的一年。但還有床位房與員工宿舍。我說那你就住吧，有空給我們週末的公開課程講講課就行，別談房費了。

其實二〇一五年原本有可能是夜奔北京的最後一年，那年積極推廣大同還有啟動夜奔平遙，因為要給員工留一條退路。我當時心情很紊亂，但也沒跟他多說，原本以為最後一段日子，既然來了個朋友，就招待到最後一天也無所謂。後來起死回生，又是後話了。

研究所剛開始的日子，他週六下午偶爾有空，就給我們的公開課講拳。他打拳不留力，再次展現破空的響聲，學員驚嘆累累。三皇炮捶劉異老師在旁邊偷笑：寧老師可真逗，用這招拐學生注意力，寧老師說學逗唱樣樣精通，可真難得了。下課後，學生纏著寧宇問八極拳，他卻開始講江湖常見的一些武林騙術，從單指劈磚到千斤鼎等等，邊講邊展示。天黑前劉老師準備騎車回去，我照慣例送他到門口，劉老師一句：逗歸逗，但咱們這一輩兒的能練到寧宇這樣子的可真不多了。說完就上了他的捷安特騎回家，冷風颼颼地吹。

二〇一六年初我們神奇地延續了夜奔北京，大廳重新裝修，木地板下鋪設了新型地暖。冬天是寧宇來北京最頻繁的日子，有時候一週來五天。那時客房時常爆滿。除了正職人員之外，還有家寧、語珊、晏琪、羅諄等打工換宿，也常有曾經換宿過的同學回來借住，我們的員工宿舍不夠睡，寧宇就跟大家一起在大廳打地鋪。每晚我們都把客廳的桌椅移到角落，地板擦乾淨，把地暖開到最強，鋪上厚厚的一層棉被，大家一起換睡衣睡到清晨，早上起來全身都暖洋洋。睡前所有人都在聽寧宇講單口相聲，摻插各種新學的法律知識、社會案例等。有時候大家寧願睡大廳，也不想回宿舍。現在回想那段日子身體都會暖和起來。

住客棧的日子，他白天除了用功準備特考，也幫忙弄東弄西，各種水電維修、門鎖保養等雜工都會。當然少不了陪我練拳。八極對接就是那段悠閒的日子對起來的。對子就是練手感，一旦熟悉了我就不想多練，怕太熟悉變成固化反應了。二〇一七年來訪的人很多，有一次福建衛視約採訪，想拍一部微紀錄片，我暫時不想再接受媒體邀約，但是寧宇很好奇，想上電視講講傳統武術。攝影大隊到達後，他不打草稿滔滔不絕地講了一整天，從武術開始講，把各種歷史源流都講了個遍，加上各種鄉野傳奇，晚上導播非常滿意地收隊。隔天電話通知我們忘了拍畫面，又來補拍。影片出來後他常拿著這段到處宣傳他因為住夜奔北京上了國家電視台，其實是幫我擋了一段推不掉的邀約。

公開的場合他只講八極圈誰好誰強，誰的功夫真是一流，大力讚揚每個人，私底下聊天，他會講各個八極拳支系的傳承體系，誰跟誰學過，誰是誰師叔，哪一門的哪一套是跟誰換來的，如數家珍，不知道他哪裡來的資訊，而且頭腦清楚，許多名字都是信手拈來，像個大數據庫，天津人能講是出名的，寧宇更是其中的佼佼者。

二〇一七年底，他準備特考進入最後一階段，每日每夜都在背考題，他抽時間把扶手一路教我，我們花了三天演練，把幾個小動作熟悉之後開始對練。有個晚上，廣州詠春的廖永泉師父來夜奔北京玩，看到我們在院子練這套扶手，就順手錄下來給我，黑暗之中記錄了我們的對接。之後他就去考試，放榜，當律師，結婚，我們一年半沒見面。

上週寧宇把這段影片放在微信朋友圈，他一句話感嘆時間飛逝，我就跟則浩一起去天津找他了。一見面，看他穿得人模人樣，忍不住笑了出來，看起來還真像個大律師。我們吃完午飯就開始練，練到晚飯前把一路二路都摸熟了，晚飯後意猶未盡，找個空地把動作練熟，直到深夜。

以前聽黑嘉嘉說她一個非常要好的朋友是韓國人，雙方語言不通，卻能透過圍棋交心。

拳也能。

陪我洗碗的人權律師。

某年某月的某一天，我在夜奔北京值班，有一個在北京工作多時的台灣朋友來電，電話中說傍晚想帶幾個剛到北京闖蕩的台灣朋友參訪，我當然沒問題。

朋友拉朋友，朋友再拉朋友，當天晚上來了一串二十多位北漂台青，個個年輕有為，摩拳擦掌，準備燃燒青春的才華反攻大陸。

晚餐時間到了，客棧再熱鬧，客人總要吃飯。帶頭的朋友建議叫外賣，大家把酒言歡。高興啊，當時外賣ＡＰＰ還不流行，我打電話給附近相熟的飯館，送好酒好肉，掛帳夜奔北京，大家先盡歡一場。

人生難得幾時有，當晚人人酒酣耳熱之際，都大膽說出自己的夢想，天真爛漫。反正出來混，吹吹牛總是要的。未來的科技／文創／設計／行銷人才都上身了，院子的大廳頂簡直要冒金光了。

吵鬧到凌晨一點，人人酒足飯飽，滴滴一下，馬上回家。留下滿桌的殘餘碗盤破酒杯。員工下班了，只好自己去洗。

大廳角落還有一位客人，整個晚上都在大廳用電腦寫報告。是一個多年的常客，美籍台灣青年，英文比中文好，但是會努力用美國腔的中文跟我們交流，他的名字來自聖經裡的先知之一。幾乎在我們開業的第一年就入住。之後每年都會住好幾次，話不多，瘦瘦高高，長相清純，絕對有女人緣，穿著很像美國高中生，永遠在大廳打字。

他是台北天母長大，台北美國學校畢業之後，攻讀哈佛法律，跟妹妹一起畢業。原本兄妹兩人都可以投入華爾街資本圈，過著人生勝利組的頂端生活。他卻決定到中國北大研修中國法律，之後全心投入中國最黑暗的法律途徑：弱勢維權。

每次入住，都要住最便宜的房間。有一次我們沒有低價位的房間了，他預算不足，只好出去找招待所窩一晚。什麼是招待所？長途卡車司機睡覺的地方。我知道後告訴他，從此他只要來，無論住什麼房間，一律單人房價。他是長期鼓勵我們繼續做下去的客人之一，他把夜奔北京當家，我們把他當家人。

有一次發現他非常喜歡喝黑松沙士。美國、中國都稀缺，是他小時住台灣的美好回憶。我找到進口商，準備一箱等他來，每瓶十元進貨，八元賣給他，不讓他知道內幕。北京的可口可樂市場價三元一罐，他黑松沙士喝得很開心也很安心，哈佛也算不到這筆糊塗賬，兩塊錢一罐買一個朋友的微笑，很值得。

他的家世、背景、教育、事業，都是在五年裡慢慢問出來的。一次一點點，他總是淡淡地敘述，彷彿一切就該如此。他來北京從來不久留。常常是到達前一天告知，半夜入住，兩天後清早搭乘高鐵去上海。多年來如此，感覺他總是在追什麼，或逃什麼。稍微瞭解他的工作內容後，就不多問了。不問不知，不知就不瞎操心了。

比起當天晚上各種侃大山吹牛逼的台青們，他是一個很有趣的對照組。

當晚我收拾盤子的時候，他放下電腦來幫忙。廚房不大，只能一個人洗碗。我洗好一些，他就拿進來一些。即使說了多次不用幫忙，他還是收拾。

凌晨兩點，快洗完時，他站在門邊，一如往常，還是用美國腔的中文：「辛苦了。」

Party 結束了，沒有人買單，也沒有人收拾，你還自己弄。我覺得我們做的事好相似。

夜深人靜時，這種鼓勵很強大。

尤其是來自一個內心如此強大的靈魂。

所以我跟你說，開客棧是有趣的。

你們。

楊茗棫，代號 Ymy，在群體裡你被稱為校長，你有自己的領導風格，你的笑容乾淨無邪，總是能掀起課堂的一股歡笑聲。也許「笑長」一詞更適合你。你第一次來夜奔北京是為了推銷可零可靈，那是二〇一五年的秋天，維基女王 KJ 推薦你來找我的。你很熱心地推薦我這款 APP，你熱情地介紹這款 APP 是一個很有想法的大男孩創立的，你眼神中有蓋不住的興奮與衝動，你落落大方，在比特幣還沒有異軍突起的年代，你不斷告知我這款 APP 就是比特幣的價值，你試著說服我，你為了讓我使用，自掏腰包給我轉了十元到帳戶裡，你教我如何操作換算流程。

你問我會不會繼續使用，我告訴你一句話，你來跟我們練拳，我就會用你們公司的產品。你堅定地告訴我你會練拳，你沒有讓我失望，你來了就沒有走，一直到夜奔北京的最後一天。

你很快就跟同學、老師們打成一片，你是唯一會在上課中途直接挑戰老師的學員，你也是唯一跟老師說了一聲「給你跪了」，就真心誠意地雙膝跪地的學員。你有一股魔力，讓周圍的人喜歡你。你的東北性格，很豪爽，很灑脫，很白很甜，你捏的餃子讓大家心平氣和等待一個晚上也要吃到。

謝謝你帶室友來練拳，謝謝你帶同事來練拳，謝謝你帶那位在路上遇到還不知道對方是誰就抓來一起練拳的人。謝謝你從來沒有放棄過帶不同人來練拳。

謝謝你來夜奔北京練拳。

✧ ✧ ✧

曾麗華，代號龍貓。如果這個班有個班長，肯定就是你了。你在二〇一五年六月看完我的一席演講隔天就來夜奔北京，你說要練拳，你加入我們，你來了就沒有走過，不分寒暑，不懼風雪，不離不棄。你每次都很認真，你不在乎簡單的事情重複做，你是一個肯低下頭埋藏自己的人。你戴一副大眼鏡，來自湖南長沙附近的小縣城，你說我們無法理解城鄉差距，但是我知道你經歷了多少難關才能在北京留下來，你是典型的北漂孩子，你的行為舉止讓我看到了漂向北方的無奈。

我因為認識了你，每次讀到盛可以的小說都充滿了畫面感，你給我湖南女子的一切想像。你對同年齡層的知識斷層感到焦慮，你給我介紹了許多知識型課程，你閱讀廣泛，你不懼怕面對陌生，你有很強韌的性格。

我永遠不會忘記那年冬天，你在夜奔吃完火鍋之後講到的家鄉，我不會忘記你說父母年年催你回家，要你相親，給你找一個在縣城吃公家飯的公務員配偶，他們不斷告訴你不要再留北京了，即使這裡有你要的一切；他們不要你再進修自己了，即使你對知識與新知有無底洞般的渴望；他們用自己認為對的方式告訴你：回家結婚生孩子，當一個奶孩子的媽。我不會忘記你說完這段話之後，挽起手牽著你的男朋友，那個身體雖然有殘缺，但是腦袋聰明無比，對你百般溫柔的支付寶工程師男友。

謝謝你最終說服了你男朋友一起來體驗武術課程，即使他的半邊身體是萎縮的，他的腿骨是歪斜的，他還是很努力跟你一起上完一整堂課。我從來沒告訴你，那天的課程我永遠記得你們倆互相攙扶的景象。

謝謝你來夜奔北京練拳。

✧
✧
✧

喬明明，代號明明。群裡的男生叫你小喬，女生叫你喬哥。你來自河北邯鄲，你很少講話，你很安靜，但是你練拳很認真。你是我見過最有可能練出功夫的人。我從來不知道你是如何找到我們的，因為你不太講話，你眼角總有一種害羞的餘光，你很少抬頭看我。你很謙遜，你遇到任何人都會退避三舍。我剛剛開始注意到你的時候，發現你的筋骨結實，但是肌肉過度緊繃，我知道你是做體力活兒工作的，但我沒問過你做什麼。我只說了一句：你如果要練下去，腿必須架，胯必須開，要能踢，要能蹲。我教你如何架腿，如何撐筋拔骨，如何遛腿。

三個月後，你起腿刮旋風，低頭可吻靴，我不知道你下了多少苦功，你只用了三個月超越全班，你很聽我的話，你把腿給踢開了。我當時問你幾歲，你說剛滿二十四歲。我說了一句有希望，你要繼續練，以後幫你介紹好老師，你第一次笑了，問可不可以繼續在夜奔練下去。

一年後，你把十路彈腿練得滾瓜爛熟，你把身體欠缺的都補齊全了，你跟我們一起去夜奔大同密集訓練，我們全班一起去吃火鍋，十月分的大同晚上寒冷無比，吃了火鍋都暖和了，你第一次開口跟大家分享你自己。

你說你是農村最底層的孩子，你沒有受完整的教育，你很渴望能透過看書長進自己，但是連最基本的閱讀都有難度。你說你在北京郊區當焊接工人，你沒日沒夜的盯著電光，你視力受損，工地管事的沒給你正規的焊接眼罩，而是用一般的墨鏡。你領的是最低的工資，你住在工地裡的棚子。你說從小就有一個武俠夢，你聽說北京市中心有個地方免費教拳，所以你每週末都會坐兩個小時的公車進城，跟著我們一起練拳，再坐兩個小時的公車回到工地。

你說不敢跟我們說你的工作與背景，因為這裡的每一個同學都是體面的工作，受過良好的教育，講話的內容都是聽不懂的高深。你知道嗎，喬明明，你一直被大家尊重，因為你拳練得很好。

不久後，夜奔課程從完全免費改成先收費再退費，每個月繳一筆錢，上一堂課退還一百元，如果不缺課的話，到了月底就會全額取回，用意只是杜絕日益增長的網紅來蹭課打卡，我不想給你造成經濟壓力，告訴你一聲不要付錢，來練就好。你不肯，非要跟著一起交錢，定期來上課拿回學費，到了下期再交一次，雖然你從不缺課，我也不覺得你會曠課。

最後一次見到你是過年前，你用紅包裝了費用交給我，過完那年的春節之後卻再也沒看到你了。

班上每一個人都在找你，你人間消失了，再也沒回過夜奔北京。我找了你好多年，但始終音訊全無。

很久很久以後，我聽說你加入解放軍了，你在隊伍受訓，不能用手機，我甚至聽說，你被調到西藏去了，那你更不可能跟我這個台灣人有任何牽扯了。

我想找你，是想把你的七百元還給你，我很高興有跟你一起練過拳，希望你繼續下去。

謝謝你來夜奔北京練拳。

✧ ✧ ✧

韋劍峰，代號峰哥。你很早就開始來夜奔北京練拳，我第一次看到你的名字就問你是否是真名，你笑笑地說真金白銀假不了，我說這個名字就是該練拳的。

你來自廣西，你個頭不大，典型的鷂子身手，靈活無比。你的工作時間冗長，我第一次聽到九九六與社畜這兩個名稱就是從你口中說出，聽說你表面上是一名優秀的碼農，能寫出漂亮的代碼而且經常能快速 debug 其他人的問題，但是私底下你是一名浪漫的攝影師，你的照片充滿了熱情，尤其是當你拍攝你喜歡的女孩子時。

你的普通話總是帶有濃濃的南方腔，很吸引人多聽幾句。你留／牛不分，你早在網紅之前就內牛滿面了，我們總是被你逗笑。你來練拳都是早早就來，自己去拉筋架腿，你下課之後也是匆匆離去，很少跟大家一起攪和，直到那個女孩的到來。

那年夏天，有個在台南讀大學的台北女孩來打工換宿，她來之前就明白地告訴我她失戀了，心碎到縫不起來，想來夜奔北京打工換宿療傷，我同意了。你那年夏天在武術課遇到她，你一眼就愛上她了，我看得出來，因為你的照片會說話。

你是一個很好很好的男孩子，你對她很好，你也很溫柔、很紳士，你很大方地展現自己的感受，我想同學們都看出來了，峰哥戀愛了。你開始會留下來跟大家一起聊天、喝茶、喝酒、吃飯。你期待跟她多一點的互動，我知道。但很可惜她的療傷還沒結束，她的心還在他身上，那年夏天結束，我看到你的劍峰也失去了光芒。不久之後，她回到台灣，你也離開了北京，你搬到杭州，你說那裡有更多碼農，那裡有西湖，西湖很適合攝影。我很想對你說一些話，但是沒有說出來。大家總是說杭州適合峰哥，他肯定會被江南美女包圍，我們總會關注你在朋友圈發出的照片。

你有一次回北京出差，你只有一個週末的空餘時間，你沒有去吃喝玩樂，你選擇回夜奔北京跟我們練一次武術，你的劍再次出峰，你的眼神還是有一股浪漫。

謝謝你選擇回夜奔北京，謝謝你給大家帶來歡樂，謝謝你對那個女孩子的百般呵護。

謝謝你來夜奔北京練拳。

✧ ✧ ✧

楊凡，代號楊老師。你是瑜伽老師，瑜伽老師不夠形容你，你是瑜伽大使。你是夜奔北京武術班裡的體育股長。你有用不完的體力，你很注重能量的分配，你永遠隨身攜帶瑜伽墊。

你來練拳是因為你想從不同的身體訓練找到同樣的能量，你熱愛瑜伽，我很高興你加入我們，你也是不離不棄，來了就沒有放棄，直到最後一天。你在夏天時會提供我們免費的瑜伽課程，你讓大家開始習慣夏天傍晚會有一個瑜伽美女在地上延展身體，你會多帶一些瑜伽墊，慢慢地越來越多人加入你，那些夏天的傍晚，我們很 Namaste。

你的三十歲生日是在夜奔北京度過的，你跟我們分享了你的一切，你除了是瑜伽老師，也曾經是調酒師，是咖啡精釀師，是登山導遊，是人生導師。你跟我們一起去夜奔大同密集訓練，你在早上三小時，下午三小時的武術練習之後，提議大家晚上在夜奔大同的大廳一起喝酒聊天談人生，隔天凌晨五點半準時起床帶領大家一起做瑜伽。

你的弱點一直是爆發力不足，你知道瑜伽與武術有一種黑白分明的界線，但是你不曾放棄，你從十路彈腿練到八極小架，你不斷找尋自己欠缺的，你很努力，你一直知道自己要什麼。

你總是充滿微笑，你對每一個新來的同學都很友善，你對每一位武術老師都很尊重，他們也都很尊重你在瑜伽身體上的精進。

我很感謝夜奔的武術課有你，硬邦邦的群體被你綿延地柔化了。

謝謝你來夜奔北京練拳。

✧ ✧ ✧

曹雅東，代號曹老師，你是北京高中的老師，也是群裡為數不多的北京戶籍，聽大家說你是一個好老師。

你講話字正腔圓，鏗鏘有力，正兒八經的北京人才能發出的聲音。你是在耶誕節的晚宴知道我們有武術課程，很快就在週末加入我們。你很快就跟大家混熟了，你努力保持老師的端莊，但是也很期待加入大家歡笑的場合。你有一次在大家上課時提醒所有的人要尊重授課老師，請大家在劉老師講解動作時不要私底下講話，大家都被你震懾到了，包括劉老師本人。你身為一位老師的氣度展現出來，從此大家都知道上課該有的分寸與拿捏。

你很快就跟我坦白來夜奔北京練拳的目的，你說你快四十了，始終沒有對象，你很想給自己找個伴侶，你覺得夜奔北京吸引了不少有想法的人來練拳，你希望能找個男朋友，沒想到大家都太友善了，一不小心就打鬧成群，進入一艘友誼的大船了。你問我能不能幫你多多注意一下優秀的單身男子，我雖然說好，但實在愛莫能助，我不是一個好的月下老人。

你決定把困難告訴大家。Ymy 第一個站出來說話，她的東北大妞性格爆發，她把你罵了一頓，要你先學會愛自己，要你先學會讓自己變漂亮，變美麗，她教你化妝，教你如何買衣服，教你如何在社交媒體上展現自己。

我看到了一個一輩子正經的高中老師，來練拳之後，學會了化妝搽口紅，學會了穿時尚的裙子，學會了花錢在自己的頭髮上，學會了如何愛自己。學會了不用為了結婚而找一個男人，而是等待有一天是為了一個愛你的男人而結婚。謝謝你讓我看到了你的改變。

謝謝你來夜奔北京練拳。

城內

夜奔

夜奔泥匠。

趙小雨是個鬼才。

他是北京大學建築系的高材生，但學歷只是他的一張證書。他根本就是天生的建築奇才，有沒有考進北大都不會阻擋他。據說他攻讀研究所時，選擇了一個非常冷門的古代建築結構專業，每年錄取大約六人，能讀完的只有四人，其中兩人會變成瘋子，剩下的兩人之一就是趙小雨。

我是透過一位台南成大建築所的朋友介紹，在成立夜奔北京之前認識趙小雨。趙小雨是江蘇人，但是一口標準北京話，不帶一丁點兒口音。黑黝黝的皮膚，壯碩的身材，永遠披頭散髮，喝酒前講話溫文儒雅，喝酒後奶奶孫子隨口叫，在他身上看出了各種反差萌。他不像一般典型的建築設計師，在工地時，更容易融入在農民工之間，他喜歡自己去和水泥，堆磚頭，砌牆刨木什麼的都弄。施工期間，他每天都來監督，到了傍晚渾身是泥，再去胡同口買一串冰啤酒跟大夥分著喝，他當時還是個老煙槍，看圖監工的時候菸屁股丟滿地，要說他不是包工頭，一般人真不相信。

設計圖對他來說也就是個參考指標。他基本上把夜奔北京的基地當成ＡＲ現場，在各個空間中一站就開始瞇著眼睛想像，工人們經常臨時被迫更換已經準備做間隔的房間，就為了完成他神來之筆添加的一些創意。原本要拿來給屋頂加強的波浪瓦，被他妙手一砌變成了一個有趣的院子屏風，而且他堆疊的手法讓這個屏風很神奇地展現了特殊視覺效果，站在遠處看近乎透明，越走近屏蔽效果越強，如果站在小院門口，幾乎完全無法透視，非常神奇，明明就只是建材市場中最普通的波浪瓦而已。

趙小雨經常放在嘴邊的概念就是「移步換景」，他很喜歡跟我講解為什麼這個概念在中式空間很重要，雖然他講到很專業的地方我聽不明白，但是可以感受到他真心享受浸泡在建築現場的樂趣。他還給我建立了一個概念，讓我在接下來的十年經營裡受用不盡：西方的建築常常把「院子」放在建築之外，東方的建築則是把「院子」納入建築之內，這直接影響的就是建築內居住生活的人與人之間的關係。

他一句話點醒四合院客棧的靈魂，尤其是當我們要用來練拳的時候。

趙小雨沒來過台灣，但是對台灣的建築與建築師如數家珍。台南成大經常有學生到北大建築系交流，他就是那個先進思想代表，吸取各種資訊。認識小雨的那一年，他愛吃肉、愛喝酒、愛抽菸，出去吃飯搶著買單，口袋經常大把現金，很有綠林好漢的氣息，可是偏偏天文地理戲曲音樂都涉獵，我們經常在北京胡同內大口吃著涮羊肉聽他聊各種文化現象，過癮極了。

二〇一一年八月五日，台北的表演工作坊在北京保利劇院演出「那一夜，在旅途中說相聲」，我看到消息之後通知小雨，本來想請他看演出，結果又被他搶購票券，一口氣買了五張，讓我們邀請當時第一批的打工換宿一起前往。跳跳就是在他盛情邀請下在北京第一次觀賞來自家鄉的演出。劇情在即將結束前，馮翊綱、屈中恆與謝盈萱三位的詼諧對話出現了一段頗有政治冒險的台詞：「海峽兩岸的差別就是一邊告訴你有選擇，另外一邊讓你以為自己有選擇。」

趙小雨聽了之後站起來拍手叫好，而且是大聲拍手大力叫好，嚇得周圍人一大跳。北大的學生是不是都有一身隨時準備起義的熱血？

當時小雨還沒成立自己的公司，但是已經開始接案子了。我打聽到的資訊是他設計施工費用應該在十到十五萬人民幣之間，但是我們夜奔案子結案的時候，他說這個案子滿足了他很多想像空間，他最討厭遇到甲方（業主）自以為是胡亂改動設計師的方案，我們是百年難得一見的甲方，完全尊重他的設計，他發揮得淋漓盡致。於是大手一揮，把設計費用降到四萬人民幣，我看當時請我們吃飯、喝酒、看戲的錢搞不好都不夠他花了。

來自湖南的漆洋灰、瞿雨泉兩位師父就是趙小雨介紹的。

他們兩位都是正經八百的農民工，但我一聽名字就樂了，感覺像混江湖的代號。漆洋灰原本是個小工頭，從湖南帶工班出來，他在工班裡就是做刷油漆與混水泥的工作。清朝末年的中國開始大量引進西洋建材，當時的水泥就叫做洋灰。今天中國的農村工人還是習慣講洋灰而不叫水泥。瞿雨泉在工班裡是做水管工程，負責各項水管與暖氣的施工。他們倆的名字跟自己的職業完全一致，我直到看了身分證才相信是真的名字，太逗了。我問趙小雨，他們倆父母難道生他們的時候就知道一個要砌洋灰，一個要鋪水管？小雨說取名這事往往福至心靈，例如他父母只是因為出生時看到外面下小雨，就給他取名趙小雨了，聽起來也沒毛病，也許是我想多了。

漆洋灰雖然是這個班的工頭，但是個子矮小，長相也是娃娃臉，總是笑臉迎人，趙小雨每次發脾氣都是他出面協調。中國一般建築工地裡，湖南與安徽兩地的工人最多，也最團結。他們吃苦耐勞，做工比一般北方的師父細膩，工資也沒有江南或華南的師父要求那麼高。唯一對食物特別講究，他們堅決不吃麵食，在北方工地裡一定有一個大飯鍋，每天傍晚要煮一大鍋米，配上又鹹又辣的工地小炒，每個人都能吃三大碗米飯。北京胡同買食物非常方便，價錢便宜又可口，饅頭、窩窩頭、餡餅、韭菜盒子等一大堆，我問過漆洋灰他們為什麼都不吃？他說那些玩意兒怎麼能嚥下口!?

工地的工人都稱漆洋灰為漆總。相處久了我也叫他漆總，但是他笑咪咪的娃娃臉實在很不像一個總。工地有工地的規矩，漆總好像是個帶頭的，但是聽他說木工師父是地位最高的，一切工期要順著木工的進度安排。水泥工地位最低，但他就是個水泥工師父，也沒見他被欺壓，反而各種費用、人士調動安排等等都是由他來處理。趙小雨當時提醒我們一件事，工地師父們最容易抽油水的地方就是採購建材，所以建議每次採購都要跟著去，小雨如果時間允許都會親自跟著漆總。有一回材料不夠了，要去北京南四環的建材市場補貨，小雨不在，我跟漆洋灰說帶我去看看。

漆總開著他的小破車，我們一起前往建材市場。二〇一〇年的建材市場龍蛇混雜，在北京南郊一個巨大無比的空地上佈滿了各式各樣的臨時搭建房和鐵皮屋，來自全中國各地的批發商都在叫喊自家產品。我們停在城中城的一家骯髒破舊的湖南湘菜館前，漆總說肚子餓了，先請我去吃點家鄉小炒。下車前他把前座座椅拉開，我嚇一跳，座位下方放置一疊一疊的人民幣百元鈔票，一捆一百張，凌亂不堪，少說有十幾二十萬現金鈔票。他順手拿起一疊就塞入他那個工地西裝內袋，嘴上點根香菸說：「走走走，去吃頓香辣的。」

我忍不住問他為什麼有大量的現金鈔票在車上？放這裡安全嗎？要不要拿個袋子

隨身提著？個頭比我矮小許多的漆總歪嘴斜笑看著我：「都是這樣的啦！那些建材屋老闆放的更多，有什麼好怕的？」

我們就這樣在一個堪比印度貧民窟的地方，吃了一頓真正道地無比的美味香辣湖南大餐，出門時還看到老鼠在餐廳角落快速穿梭。漆總吃飯時就開始跟我講起各種家鄉的故事，還有當年他如何發跡，自己如何在北京建築工地混出一片天。邊講邊帶我去採買各種器材，電線、塑膠管、鋼管等等。我看他來回殺價，貨比三家，吆喝個半天才拿出口袋中的鈔票付錢，心裡很滿意。

三天後趙小雨看到了材料與發票，氣憤地叫了一聲：漆洋灰你這個孫子！漆總依然笑咪咪跑來跟趙小雨東扯西聊，拍胸脯保證會把工程做得仔細，工期也會加快。

看來我被揩油了都不知道，真是隔行如隔山。

瞿雨泉的個性就完全不一樣。他一雙牛眼總是張得大大的，長長的睫毛，好像嬰兒一般，不太眨眼睛。個子瘦高，面部表情看起來像剛剛挨了頓罵，要哭不哭的。漆洋灰說他們兩人的關係比兄弟還親，但我看起來瞿雨泉很聽漆總的話。我每次問雨泉任何事情，他都要問問漆總的意見。他看起來瘦瘦的，但挺有力氣。工地最費體力的活兒就是搬運建築廢料，幾乎每天都有一台小卡車要來拉，四合院的結構比較複雜，只能靠人力搬運，無法用推車進出。瞿雨泉都是在黃昏之時跟著其他臨時工一起徒手搬運各種殘磚廢瓦到胡同外的卡車上，其他不論是木工、電工，還是水泥等師父級別的都放下工作，開始抽菸、喝啤酒，等待晚餐。更別說是漆總，他一定不會幫忙，反倒沒事就揶揄瞿雨泉：「傻子，怎麼又輪到你去搬了？」

漆總有一次在看他們搬的時候，拉著我蹲在角落看，他說：「你知道為什麼這些臨時工只能幹這些笨活兒嗎？你看他們的樣子，想教技術都教不會！沒辦法，他們都是農村裡最傻的孩子。告訴你個祕密，很多都是近親婚姻搞出來的！村子裡娶不起外面老婆，都是一圈子自己人，能不傻嗎？」

我後來讀了許多農村題材的小說與文學作品，從余華的《許三觀賣血記》到盛可以的《子宮》，都有強烈的畫面感，漆洋灰與瞿雨泉是給我開頭的人。

二〇一三年開始準備夜奔大同，當時猶豫要不要再找漆總，趙小雨總說漆洋灰這個孫子買東西不老實，別找他了，但我還是給他打了個電話，沒想到漆總生意越做越大，剛剛接了一個三百個房間的商務旅館裝修，一年內都沒工人再接我的小案子。漆總畢竟是個天生的生意人，雖然這筆生意做不成，但電話裡噓寒問暖，問我要是有個什麼小問題小漏水小跳電的，他隨時可以派個師父過來幫忙，說朋友嘛，幫忙是應該的。在北京的頭幾年我偶爾有問題找他，他真的隨時派師父過來維修。補個牆、弄個水管什麼的，每次來我都給師父一百到兩百人民幣的茶水費，覺得師父來一趟挺辛苦。後來趙小雨知道之後，告訴我這種裝修隊兩年內本來就應該來修補沒弄好的東西，就是因為收尾沒做徹底才會這裡漏水那裡掉漆，然後又說了一聲：「漆洋灰這個孫子！」

客棧營運初期，趙小雨經常過來玩，順便欣賞自己的作品。當時客人不多，我們有時會跟客人在客棧包餃子一起吃，小雨只要吃餃子就要喝大杯大杯的冰啤酒。他是個開心的酒客，清醒與酒醉之間有條非常清楚的線，但是他自己好像不太清楚那條線在哪裡。相處久了我們都知道他大概快要進入那個世界，他一旦進入酩酊大醉的狀態，會有兩種結果：大哭或大笑，不是鬧人那種，是把心底話全放出來那種。大部分時間是大笑，笑得很開懷那種。喝得最茫那次他把客棧的啤酒都喝完了，菸也抽完了，他就郎當地走到胡同口雜貨店要買二鍋頭白酒。我怕他摔傷了，跟他一起去，他沿途唱歌跳舞地走到了雜貨店，雜貨店大爺坐在門口乘涼，夏天氣溫高，北京爺們一般都把吊嘎背心往上拉，露出個大肚皮搧風。趙小雨買了酒之後，看到老闆的大肚皮，一開心就蹲下來雙手啪啪地拍起大肚皮唱歌，還大聲說一句：「這才是我們北京的爺們兒啊！」

我趕緊拉著他回客棧，留下雜貨店嚇傻的老闆看著我們。

從此之後，趙小雨只要經過雜貨店，老闆一定立馬把衣服往下拉，蓋住大肚皮。不過這件事情趙小雨從來不知道，他是酒醒了就什麼都不記得那種人，拍肚皮的畫面恐怕只有我跟雜貨店大爺兩人心照不宣而已。

趙小雨後來跟一個朋友成立公司，逐漸開始忙得不可開交，案子越做越大，他酒也越喝越少，菸越抽越多，我有時會勸阻他，但是他說半夜畫圖沒菸跟沒魂似的，建築師的使命就是要多抽菸、多畫圖。直到有一次我們去吃涮肉，他開始聊起佛法，並且說了很多高深莫測的話。不久後，他突然戒菸、戒酒、戒肉，嚴格過起吃素的生活，而且帶我去吃了好幾次北京的高級素食餐廳，每次都跟我講佛法。

他知道我回台灣時，很慎重地問我能否幫他買書？我想要不就是建築，要不就是政治禁書，我肯定樂意幫忙。沒想到書單一看，全是各種佛法的書籍，有些甚至要重複買好幾本，他說要送人。我在台北的新舊二手書店幫他找了一圈，大部分都買到了，有些是收藏本，還不便宜。回北京之後他樂得不得了，說這些是流落海外的寶物。

二〇一四年開始，趙小雨天天讀佛經、談佛法。他給我好多佛法的書，但我天生愚昧，完全看不懂內容，只能偶爾翻閱。我感受到他強大的信念，當時有個感受，也許天生鬼才的人才能瞬間由地獄進入天堂，他從一個無菸酒肉不歡的狂熱分子，一瞬間變成一位得道大師，可以說判若兩人。

二〇一五年有一個中法混血的女孩來夜奔北京長住，訂了兩個月的房間，她從小在巴黎長大，後來對父親的家鄉產生了興趣，所以利用假期到北京體驗生活。趙小雨那次剛好來玩，給她講了好多北京建築的故事，說著說著就談起了佛法，中法女孩聽得入神，完全被吸引住了。我有個週末要去大同，小雨就開車帶著那個女孩跟我們一起出發，我們到了夜奔大同，剛好遇上一大批英國的學生，非常熱鬧，大廳晚上塞得滿滿的人，好多人都是早上剛去看了雲岡石窟的大佛像。

皮膚黝黑的趙小雨，席地而坐在地上的一個沙發蒲團上，開始跟中法女孩用英文講雲岡大佛的故事，說著說著，一個、兩個、三個……一群年輕英國孩子都安靜地圍坐，聆聽趙小雨講述的佛教典故。

那晚，我看到鬼才趙小雨證明了人間處處是佛境。

史凱先生。

我的好朋友，語言學家，蝙蝠俠貓奴。

我是在周寶富老師家認識史凱先生的，那一年我還不到二十五歲，史凱跟我同年，我們見面即知己。史凱當時是以美國耶魯大學東亞研究院的交換學者身分在台灣大學交流，研究易經。他身形微寬，捲髮馬尾，圓眼鏡，炎炎夏日裡經常滿臉汗水。周老師說他是為了螳螂拳而來，卻因為氣功而留下。史凱來自美國南方紐奧良市，南方佬，個性很可愛，乍看之下是一個非常普通的美國南方白人，但是他一開口講中文就展現出來完全不一樣的氣質。

他能夠掌握的語言除了英語，還有涵蓋古代漢語的中文、日文、義大利文、法文、拉丁文與古瑜伽梵文。同時也掌握了許多東亞方言，譬如蘇州吳語、廣東粵語，以及閩南語。

他對語言有超出一般人能理解的快速學習能力，但是他自己卻不太理解為什麼其他人學一門新語言很困難，這個話題我跟他討論過很多次，最後總結他應該不是地球人。

史凱是在美國南方的紐奧良市出生的，本名 Kelvin Schoenburger，但是他習慣用小名 Casey。他高中之前都是讀普通的學校，並沒有任何突出之處，學校也沒有提供他接觸其他語言的課程。他在大學期間偶然發現了日本的動漫很好看，根據他自己的敘述，他是看到動畫的那一瞬間就愛上了這種播放方式，變成了 Otaku（宅男），一開始他下載了很多有英文配音的日本動畫，後來看不過癮，開始尋找更多的日語發音動漫，為了能看懂內容，就自己上網開始學習日文發音、單字、句型，結果意外地發現自己在短短幾個月內就能掌握大部分的日本動畫內容，所以他開始閱讀日文教材，不到一年的時間裡，他在美國考取了日文檢定。他在學習日文的過程裡，接觸到了漢字的兩種讀法（音讀み和訓讀み），他覺得很有趣，就給自己在網路空間取名為 Onyomi（音讀み），這也是他的熱門 YouTube 頻道的名稱。

日本漢字的讀音系統開啟了史凱對漢字與中文關聯的好奇，於是又莫名其妙開始學習中文，並且用了更短的時間掌握了美國 K－12等級的漢語課程，他開始用日文與中文發表文章，在大學畢業之前被耶魯大學注意到，並且邀請他前往耶魯大學東亞語文研究院就讀。他很快就在耶魯的漢語部門找到很多同好，並且成立了動漫宅俱樂部，利用耶魯大學強大的資源與經費網羅各門動漫，這大概是日本動漫產業第一次正式步入世界頂級學術產業的先驅。

同一時間史凱也為了能交出論文而開始認真研讀古典中文，並且在隔年夏天申請了一筆研究經費到日本京都與台灣台北，我就是在那年夏天遇到他的。他說來台北之前是在京都大學交流，我問他交流什麼，他說了一個我完全聽不明白的題目，之後坦承他去京都的真實目的其實是為了要能穿傳統日式服裝配木屐，還有每天能吃到紅豆抹茶冰淇淋，所以跟耶魯申請了一個冷門題目。但是到台北是真的為了學術研究，要認真寫一些內容。說完就立刻問我台灣有哪些甜點好吃？我當天就帶他去吃公館的臺一芒果牛奶冰，並且加一份布丁。身形微胖的史凱吃完之後，舔舔嘴巴開心地說來台北做研究真是一個正確的選擇。

史凱很喜歡周寶富老師，我們除了吃芒果冰，吃黑糖剉冰，吃巧克力慕斯，吃提拉米蘇，吃麻糬甜甜圈，吃焦糖起司塔，吃蜜糖吐司，吃仙草冰，吃芋頭冰之外的時間，都在談論周老師與他的教學方法。他去找周老師並不是在計畫內，而是一個非常偶然的情況，很顯然地，他在台北會遇到我並且去吃了大量的甜點也是一個偶然。他說一開始去找周老師是聽說他的螳螂拳很厲害，史凱對中國武術一直很好奇，所以想去跟周老師學拳。學了一段時間之後發現周老師也教氣功，從周天一氣開始練。

史凱從大量的日本動漫文化接觸了「氣」的概念，所以在某一種程度上來看，他接觸氣功是順其自然的事。那一年的夏天我經常去周老師家玩，基本上每次去他家都會看到史凱，背後貼著牆壁，一碰一碰地來回撞牆，節奏很緩慢，但是砰砰砰地響個不停。周老師當時的家是在信義路上的一棟商辦大樓裡，隔壁應該是某公司的辦事處，牆上發出砰砰砰的響聲應該有傳到隔壁，但是周老師家門口那把紅纓槍與自然螳螂門大旗應該讓人不敢過來按門鈴。

周老師很寶氣，他教課的方法很活，不像一般印象中的武師，他挺著跟史凱類似的肚子，手裡永遠拿著他那個充滿咖啡垢的舊馬克杯喝熱茶，有時候手裡會拿根鞭條，嚇唬不好好練功的小童，但我從來沒看他真的捨得打下去過。除了史凱，我發現周老師經常會吸引許多高知識分子來找他，很多都是相似的背景，歐美人士，中文能力絕對是拔尖的，交談之下也是充滿人文氣息的學者性格，他們都被周老師的某一種氣質吸引過來，聚會在功夫龍。

彈腿是弓步與馬步站立，礟拳是弓箭步行走，又叫行步。查拳用四六四跑步，又叫紮步。我只知道這三者的關聯與練功的先後順序。周老師告訴我另外一個說法，他說行步又叫「雞型步」，因為看起來像雞走路。紮步更好玩了，舊時代鄉下人管這種步叫「鴨掌步」，因為像鴨子趕路。周老師說還有個更形象的叫法：「老爺坐轎」。

這種拳裡的民俗常識我常在周寶富老師家裡聽到，而史凱也是保持好奇心大量吸收這類知識，放入他的的東方遊記裡。我聽過他講無數次「周老師真的是一個很有趣的人」這句話。

學期末，史凱結束了他在台大的功課，回到美國耶魯，我們也保持聯絡。隔年夏天，M決定搬來台灣，我們一起生活，她一邊教英文一邊努力學中文，我們常常一起享受台北夏日的午後。

M從來沒有去過日本，她很感興趣，我們正要計畫一趟日本之旅時，史凱寫信給我，告知他「又」申請到了東京大學的一個琉璃文修復計畫，會在東京大學停留一個學期，並且有一間寬敞的單人宿舍，如果我有時間可以去東京玩，睡他的沙發。

我很高興地跟M討論此事，M是個性大剌剌的女生，完全不在乎睡在男生宿舍，只說如果這樣省去不少住宿費，那我們就可以在日本多停留好幾天了。

我寫信給史凱，告知我會去東京找他玩，但是會帶一個女朋友同行，不知道可不可以？他回信說只要我們在他房間裡都乖乖的就可以，還有就是她要喜歡看動漫。史凱當時是單身，他問我女朋友好不好看，我說她是公認的美女，你見面後自己評判。

到達東京當天，M跟我背著大背包找到了他的宿舍，寒暄之後史凱的第一句話就是：滿分十分的話，她最多只能算兩分。

M對自己的外型很有自信，她聽了不生氣，反而很感興趣他的開場白。我跟她是青梅竹馬，從小到大沒聽人說過她不漂亮的，這下遇到了一個有趣的宅男說她只有兩分姿色，瞬間產生了好奇。我們在東京的第一個晚上，M就很調皮地不斷詢問史凱之前交過幾個女朋友，大概都是幾分的？史凱也很可愛，從電腦裡翻出了幾張他前女友的照片給我們看，他說這是一個八分的美女，要給我們瞧瞧。M跟我一看就會心一笑，照片裡有一個長相與身材都非常「獨特」的女子，憨憨地笑容很可掬，瞬間了解史凱真的與眾不同。

史凱非常怕熱，他在台北那一年就不斷強調他很怕熱這件事。我們在二〇〇八年夏天去日本東京找他玩，那一年東京開始實施環保政策，地下鐵等公共場所的冷氣設定非常高溫，燥熱難耐。我還可以忍受，但是來自加拿大的M與來自美國的史凱兩人連連叫苦，經常跑到便利商店Lawson去「取冷」。史凱的國際學者宿舍裡有一台冷氣，但是也被調整了限制溫度，所以只能設定在二十六度，對於美國人來說，這是無法忍受的熱，所以史凱當時要求我們洗完澡不要在房間用吹風機，因為溫度會很容易升高，M跟他因此吵了一架。本來有點小尷尬，但是在一個壽司店的晚上化解了。

那是一家在六本木的居酒屋兼壽司吧，在週間有生魚片吃到飽的選項。史凱說他一直很感興趣，但是覺得一個人去吃有點奇怪，M跟我被他說服了，決定去嘗試一下。

那一年我二十五歲，是體力最好，胃口最旺的時候，我告訴史凱不用擔心，我一個人就可以吃三個人的分量，絕對值得。

M平常看起來溫柔儒雅，其實她骨子裡非常鬼靈，她當晚慫恿我跟史凱來一次壽司比拚，並且訂出了一個規定，每吃完一盤，如果能再吃一份，就喊出「Diesel」（柴油發電機）這個詞，並且要用力拍桌子。這是一個完全無中生有的無厘頭規矩，但是不知為何，三杯清酒下肚之後越拍越好玩。我跟史凱就一份一份的鮪魚生魚片下肚，M樂得在旁邊拍手。居酒屋的老闆看我們三個像不知道哪裡來的凶神惡煞，偏偏這個看起來像美國南方佬的白人又講得一口標準的東京日語。史凱酒量其實不好，他喝上頭之後跟居酒屋老闆「土豆哪裡去挖」，「土豆地裡去挖」地講個不停，我們完全聽不懂，最後只剩下我一個人在拍桌猛喊 Diesel。

那是個熱鬧、開心、愉悅的酒醉之夜，直到我在史凱宿舍門口吐得稀哩嘩啦，吐得天翻地覆，吐得雷起雲湧，吐到九轉肥腸了。

即便如此，那還是一個非常愉快的晚上。

日本人有個習慣，雖然很老掉牙，但是真的存在，就是無論如何解釋，他們看到我的亞洲臉孔與史凱的白人皮膚，就會自發性地跟我講話，而不理會旁邊這個白人可以用非常流暢的日文跟他們詢問菜單、資訊等問句。即使多次強調，我是台灣人，只能用英語溝通，而史凱雖然是美國人，卻可以講流利的日文，他們還是會看著我講話，彷彿我才是懂日文的，而史凱就是個只會英文的白人。

他對這件事一直無法理解，即使在非常非常多年之後，他移居到香港，學會了廣東話之後，同樣的場景依然發生在我們兩個身上，不過這又是後話了。

史凱的思考方式常常異於常人，非常獨特。他在語言方面是絕對的天才，大腦皮層的運作模式一定另有天地，但是在東京的日子裡我發現他除了語言天賦過人之外，還有一個特別之處，就是他幾乎毫無方向感。東京地鐵錯綜複雜，又有不同公司經營的路線，有時候轉換站時要刷卡進出，確實很繁瑣，但出門前研究一下路線也沒有特別困難。我跟史凱相處的時間裡發現，他腦子裡放不下一張地圖，額頭上沒有辦法辨認東南西北，我們只要出門他就迷路。M無時無刻不給自己找樂子，她一直慫恿我在東京的池袋區偷偷丟下史凱，觀察他會如何自己找回去的路。我實在不捨，在某一個路段我記得還牽著他的手過馬路，M拍下來這種照片，畫面經典，我在多年後看到還是會開心一笑。

二〇一〇年時，我決定要成立夜奔北京，當時我想好中文的名字，在考慮英文名字時，想到了史凱，我給他搖了一通電話，告知我要在北京開一家四合院客棧，中文就叫做夜奔北京。他一聽就知道我要什麼，想了一想，說這家店的英文名字應該要叫 Fly by Knight.

「夜奔」一詞在經典文學中已經被翻譯成「Flee by Night」，晚上奔逃，也寫進了許多翻譯劇本裡。史凱知道成立夜奔的重點之一就是要做武術推廣，他認為夜奔一詞本來就帶有「水滸」、「俠義」等含義，但是武俠直接翻譯成英文又會掉回了東方韻味的詞組，所以他玩了一個小文字遊戲，把同樣發音的 Knight 替代了 Night，「夜晚」變成「騎士」。

他認為西方人看到 Knight 這個單字會產生的心理變化，就像東方人看到「俠義」就會心中有畫面一樣，雖然嚴格來說，俠義精神與騎士精神並不一樣，但就文字面本身是盎然有趣的。

另外一點就是如果只聽其音，會以為是 Fly by Night，這句話在英文的都市俚語就是「黑店」，或「不靠譜」之意，源自收了錢就跑路的商家。但是看到字面之後發現拼法不一樣，反而有一個 Knight 在裡面，會產生更強悍的衝擊。

史凱不愧是語言專家，這個英文名字在往後的十年裡，被無數英語系國家的客人稱讚取得真好，尤其是當他們站在四合院裡看著各種武術練習的場景。

我當時跟史凱說，就衝著這個命名，他隨時來北京都可以免費住我這裡，算是報答他的恩情。第二年秋天，他就立刻申請到北京大學的一個項目，要到北京數週，我非常歡迎他來入住「Fly by Knight Courtyard」。有趣在於這次換他害羞地問我，可不可以帶一個女朋友一起來，我回答他，如果不在我這裡做羞羞的事情就不可以來，史凱在電話那頭笑了。

史凱先隻身到北京，他為了一場為期三天的學術演講做準備，那個時候我為了減少人力開支，早上六點半會起床上班，看到史凱清晨的時候站在院子中間練氣功，他練功時喜歡穿著周寶富老師給他親手縫製的燈籠褲、千層底布鞋，還有蝙蝠俠的 T-shirt。練完之後，他總是拿一杯滾燙的烏龍茶站在前台跟我聊天，完全無視於我在忙早餐時段與進出頻繁的客人。我並不反感，反而覺得親切，真朋友才會不客氣，想聊天就聊天。跟史凱聊天永遠很愉快，他閱讀量非常廣闊，又不拘泥於任何領域，我們可以在許多話題都對得上話。史凱講話的時候眼睛總是瞪得很大，顏面神經被他滿臉的鬍鬚覆蓋，我們兩個又很自然地中英文來回對調，加上他話匣子一旦打開之後身體會自然呈現一種左右來回動盪的頻率，輕微地反覆搖擺，有一種迷惑人心的錯覺。

不忙的時候，我會跟史凱一起在胡同散步，他很喜歡這種體驗，他說他非常喜歡京都，非常喜歡台北，非常喜歡台南，非常喜歡蘇州，現在，他非常喜歡北京的胡同。他留下了一個形容詞，他說北京的胡同很「Quaint」，這也是我許多年來聽過對北京胡同下過最好的一個定義。

史凱的研究領域逐漸集中在東方各種古老戲曲，其中的專業程度已經遠遠超出我能理解的範圍。透過史凱，我看到了美國強大之處展現在於對高等教育與頂尖人才的培養，氣度非常宏大。史凱因為個人的天資與興趣，就能讓耶魯大學長期資助他無憂無慮在亞洲各國穿梭並且做各種田野調查，令人讚佩。

離開北京之後，我們保持基本的聯絡，直到二〇一五年，他「又一次」從耶魯大學申請到經費，去了蘇州大學交流，這次他得到的經費更加優渥，所以他租了一間大房子，房間裡放滿了各種書籍與研究資料，他再次發信邀請我去蘇州，這一次，他研究的題目是「崑曲」。

為了崑曲，他在到達蘇州前開始學傳統蘇州話，我到蘇州之後，跟他去參加了一次蘇州大學的晚宴，席間有許多老派學者與教授，他們都稱讚史凱講得一口老蘇州吳語，宴席結束前，史凱甚至登台獻唱了一小段崑曲，轟動一時。我看著台上這位穿著閃電俠 T-shirt 的美國人在吳儂語系的發源地唱崑曲，再想到那一年我們在日本吃生魚片鬧酒瘋的日子，發自內心微笑起來，套句他當年形容周老師的口氣說：史凱真是一個有趣的人啊。

蘇州之行結束後，我就直奔平遙，處理剛剛簽下來的合約與裝修事宜。史凱回美國之前，從蘇州打給我，問我山西的狀況，我告知當時大同已經穩定，平遙尚在準備期。他告訴我山西大同有一種古老戲曲叫「耍孩兒」，他很感興趣，要我幫他注意一下，說不準哪天他就申請個研究經費來研究研究。

史凱當時已經在耶魯好幾年了，遲遲沒有畢業就是可以申請各種研究案，他自己也確實很感興趣。蘇州大學有一位老太太，據說是當地德高望重的崑曲國寶，當我的面稱讚過史凱對崑曲的用功之深，哪怕在中國都找不到幾個年輕學士能如此用心。而我卻知道，對史凱而言，這些都是他喜歡而願意做的事情而已。

三年後，史凱終於畢業了，大概是含淚忍痛把畢業證書拿到，離開了耶魯大學。畢業後不久他就立刻被香港理工大學獵頭，邀請他當客座教授。並且在一年後轉正，三年後就可以給他申請 Tenure（終身），待遇優渥。史凱很快就接受了，並且帶著他的新婚妻子 Liz 一起前往香港定居。我再次收到他的來信，這次要去香港看他。

我剛好於中午吃飯時間抵達香港，史凱帶我去找一家有趣的餐廳吃飯，我見到他穿西裝打領帶出現在香港街頭時，差點認不出來，雖然我一直知道他是一個世界聞名的學者，但是因為對 DC 漫畫的熱愛（他看不起漫威），我每次看到他都是穿蝙蝠俠、超人或閃電俠的衣服，跟高中學生沒兩樣，從來沒看過他穿稍微正式一點的服裝。我忍不住叫了一聲：「Hello, Professor Schoenburger!」我們互看了一眼，大笑了一聲，史凱還是那個史凱。我們從中環一路走到蓮香樓餐廳，那是一家歷史悠久的港式點心，古樸的建築本身就是香港歷史文物，不同於一般在香港寫字樓裡的現代飲茶，當時的蓮香樓保留了所有舊時代香港的特色，包含點菜方式與推車蒸籠。史凱跟我再次上演了一段「鬼佬講白話」的戲碼，但是推車的老太始終看著我大聲用粵語咆哮，完全不理會我說「不識廣東哇」的回應。

香港理工大學給史凱的學術資源非常豐富，讓他在教課之餘可以全心投入研究。他隸屬的部門裡只有七個人，六個是中國籍教授，只有他一個是美國人，而且也只有他堅持上課要用普通話（其他教授可以允許廣東話）。我在他的宿舍住了一晚，跟史凱伉儷吃了兩頓飯就離開香港，臨走之前，約了武道本的創辦人趙式慶先生一起下午茶，引薦他們互相認識。

離開香港，我們又是兩年不見面，偶爾互通訊息。有一天清晨他給我打了一通電話，語帶惆悵地告訴我周寶富老師過世的消息，

當時我人在大同，聽完之後忍不住掉淚，史凱電話中安慰我，但是自己也忍不住難過，他說周老師去天國傳授武林祕笈了。周老師的離去，讓我難過了一段時間，也讓我回想起很多在他家聽到的往事，我聯絡了鬼影書生與鬼影山人，我們都同意一件事：周寶富是個好老師。

TVBS的資深記者陳相如女士是我的好朋友，她一直想做一次夜奔北京的專題報導，在互相忙碌的來回溝通中，總算敲定了一次採訪，我們前後準備了三天的攝影與

採訪，在最後一天的對答期間，史凱突然來訪，他直接走進臨時的攝影棚，我很高興地跟他擁抱，並且直接邀請他一起受邀採訪。史凱自然地坐在我旁邊，平常脾氣很大的Obama小黑狗也跑過去依偎在他腿旁邊，放任他隨意撫摸，我們講兩句就笑得很開心，他真的是一個很好相處的好朋友。這一切看起來都如此順氣自然，彷彿是排演過的流程，其實這就是史凱，一切清淡如流水，清晰見底直透人心。

史凱的夫人在香港懷孕，產下一女，他們一家三口都拿到了香港永久居留權。我問史凱，你這個大文豪，要給女兒取什麼名字？他說早就想好了，是個中性的名字，男女都可以用，叫Robin。我愣了一下，問他這個名字，不會是因為蝙蝠俠的最佳夥伴叫Robin吧？

史凱瞪著他的大眼睛，長睫毛，滿臉的鬍鬚隨著開心的嘴角上揚，露出他一排的牙齒，笑笑地說：「是啊，因為我是蝙蝠俠。」

神仙姊姊文那。

文那跟我同年同月出生，我們互相猜測到底誰年紀比較大，第一次見面就討論這個問題，既然日子都這麼接近了，那就不要討論我們到底誰先幾天出娘胎。我搶先叫她一聲「文那妹子」，從此定下來我們的兄妹稱謂，之後文那只要出現在夜奔北京，我一定大喊：「文那妹子你來啦！」

我跟文那神交已久，一直聽說過這個奇女子的事蹟，網路上有關她的紀錄片，採訪與介紹太多了，她的創作有等佛伏妖的震撼力，看一次就會上癮。能做出這種構圖與色彩的不是普通人，文那筆下有神仙，她的相貌身形也非等閒之輩，如果她跳舞會是首席，如果她唱歌會是歌后，她畫畫，所以她就是文那。我二〇一五年受邀去一席演講，在上海劇場排演時，背景播放陳粒的〈奇妙能力歌〉，前奏的吉他弦聲響起時，我聽到音控工作人員說，這是文那特別喜歡的一首歌，那是我第一次感覺遇到文那的日子近了。

一席之後，許多人知道我練拳；來訪者多善人，偶有無聊之輩，我也裝瘋賣傻，打發時間。我講的是一席二〇一五夏天的場次，同年冬天還有一場，剛好在北京，言冬先生很客氣地給我兩張邀請票，我與金重先生一同前往聆聽，從中午到晚上不間斷的演講，全無冷場，其中一個講者還是金重先生在北京電影學院的同學，他們中場休息時開心見面。晚上結束前，我才發現文那就坐在我們斜前方，我拍拍她的肩膀，她當時穿著很特別，有一個類似大法師的披肩裹住上半身，她一回頭，媚眼一笑喊出：夜奔北京黃鴻璽！金重導演！

原來她知道我們是誰，交換了微信，邀請她有空來四合院玩。

三天後，北京最冷的季節，她發個訊息，要來夜奔北京看看。傍晚五點不到，天際就昏暗，文那開一部小汽車妥妥地停進了北京胡同，手拿一個大袋子，那是我們第一次正式見面。她走進四合院，笑咪咪地四處看看，然後我們就開始聊天，不需要寒暄，沒有任何陌生，我們好像認識了好幾年的朋友，什麼話題都可以聊。第一個話題就是我們誰先出生，她大姑娘撒嬌，說不喜歡當姊姊，那我肯定是哥哥了。

晚上餓了，她吵著要吃飯。我說文那你天天繪神畫妖怪，能不能吃肉？文那噗哧一聲笑出來，她說她不抽菸不喝酒，但吃飯有三個規矩：沒有肉的餐不吃，不麻不辣不吃，火鍋三餐加宵夜都能吃。我打給淡淡，訂一組桌位，我說要帶個女神仙去百米粒吃飯。

坦白說我滿驚訝文那之前不知道百米粒，淡淡廣交北京藝文圈的朋友，菜又好吃，主要是夠辣夠香，文那沒理由不去，她大概都花時間在吃麻辣火鍋上面了。我們在百米粒吃得暢快，第一餐很重要，從此之後文那與我的餐會沒什麼問題了。

我們除了百米粒，也經常去東四八條的悠航啤酒吃藍起司憂鬱漢堡。那是在二〇一七年胡同拆除之前的一家胡同餐廳，外牆看起來破破爛爛，內部裝修其實也是破破爛爛，但加拿大老闆掌廚的漢堡肉煎得就是好吃，我認定是亞洲吃過最好吃的漢堡，文那是真愛吃肉，這家漢堡也是我們倆定食的好場所。

二〇一七年的二月二十八日，她又來玩，玩到晚飯時間餓了，我們就溜達去吃飯，飯後回客棧看到羅諄拿毛筆畫畫。羅諄當時寫完書法捨不得把剩下的墨水倒掉，就胡亂畫小人圖，後來發展成一套「十路彈腿」筆記本，這是另外一個故事了。文那看著看著手癢起來，她說她也要畫。

文那在那夜之前來夜奔好多次了，從沒提過要畫畫，我也從沒開口。我知道棋藝高的人不隨便跟人對弈，道理跟槍術高手不隨意對槍一樣，要保持手感，高手之間建立起來的敏銳，不能在初學者手上滑落。我沒想到文那看了羅諄的圖，竟然想畫畫了，可見羅諄雖樸，但也是筆下有小仙。

「黃鴻璽，武術有啥動作，你擺個我來畫好不？」

文那妹子要畫畫，我雖然興奮，依然保持君子風度，先做一個架打。她看了三秒鐘，提筆蘸墨，潤筆，勾線，抬頭，低頭，蘸墨，潤筆，勾線，抬頭，低頭，反覆這幾個動作，她眼神出現了強大的專注力，完全不像吃飯時嬉笑怒罵的那個孩子氣文那。她畫畫賊快，速度特給力，我腿發抖之前就勾勒好了輪廓，準備上色，三兩下就有一張圖出來。我湊過去看，除了把我的臉畫成一個凶狠的妖怪之外，身體的張力、弓箭步的繃沉、腰胯的擰轉、脊椎與雙手的拉扯都精準到位，強大的基本功塑造了她的創作風格。

那個晚上剛好被一位台灣很出名的攝影師任客張宏文看到，他們夫婦與妹妹三人當時下榻夜奔北京一週，經常跟我分享他在北京城拍攝的照片與影片。文那畫畫那個晚上被他從旁邊記錄下來，回台後製成一小段影片送給我們，非常有趣。

文那是清華美院畢業生，剛出道的風格很溫柔飄逸，完全是少女派畫風。她在一次頓悟之中改變了筆觸，突然開始畫山海經裡面的各種神話妖怪，日也畫夜也畫，畫到後來開始自己創妖怪，微博大量轉發之後，被稱為「文那經」，文那火了，有人邀請她去畫壁畫，她去。有人邀請她去沙漠，她去。有人邀請她到雲南畫牆，她去。她去各地畫畫的理由很簡單，她說想一直畫一直畫。她把景德鎮的三寶村畫滿了神仙妖怪，一路畫到愛馬仕了，她始終保持自我，不為所動。

文那的媽媽是四川人，但是父母都定居在北京，文那自己常年有一半時間往外跑，一半時間在景德鎮畫畫，偶爾抽時間回北京居住一小段時間。她經常一言不合就開群，我常常半夜起來看到手機微信又被文那拉到某一個群組，都是她到四處旅遊畫畫時認識的朋友，從沙漠到海岸，內蒙到西藏，天涯到海角。我也在這些群組中看到她各種照片、影片，總是開心放縱地大笑、大跳，揮灑本來不屬於我們這個年紀的青春。深夜裡看到她的歡樂，偶爾會給我一些憧憬，我練了拳之後總是少年老成，而她是否因為畫畫而始終保持童趣之心？

文那動不動就開群，我因此認識了她的好朋友趙清。她們兩個經常一起旅行，也一起在景德鎮畫畫，趙清也是一名奇女子，漂亮的臉蛋加上健美的體態，旅行經歷不輸給文那，畫風也是獨樹一格，趙清的ＩＧ有大量的國外粉絲，她自己反而不太在乎經營，經紀人都不要，想畫就畫，金粉銀膏地畫，華麗奪目，龍虎交鋒。

我跟趙清變成了網友，有時沒事就網上瞎聊，她三天兩頭發新作品給我看，我有事沒事就發 Obama 的翻肚子露鳥照片給她看，我們莫名其妙建立起一種奇怪的友誼，難得的好網友。整整兩年的時間裡，我們說好了要見面，結果每次我前腳離開北京，她後腳就到。等我回北京時，她肯定是剛剛離開。文那回北京的時間不多，但我每次都恰巧碰到了，趙清說她回北京的頻率不輸給文那，但我們始終錯過，肯定哪裡出了問題。

我開玩笑說也許我們注定不能見面，強行見面了搞不好會天崩地裂。二〇一九年我最後一次回北京時總算跟文那一起見到趙清了，跟我想像的一樣是個帥氣強悍的女子，我們一起吃了頓飯，沒多久她就回景德鎮，微信說我們總算見面了，世界沒毀壞吧？我笑了笑說當然不會有事，誰知道不久後疫情爆發，夜奔北京結束，我跟趙清也就保持那一次的見面次數。

我不相信星座、命運什麼的，但世上總是有巧合，也許再跟趙清見一次面就會把世界變好。

文那如果夏天在北京的時候會來練拳，她每次都開口就說我是她師父，要練絕世武功。我讓她跟週末班的朋友一起練長拳基本功，壓壓腿打打拳劈劈掌，但她對兵器架更感興趣，每次下課都要把各種兵器拿來把玩，追著我問這是什麼那是什麼，為什麼花槍有槍頭，大槍就光棍一根？為什麼用木劍？劍鍔為什麼朝下？刀為什麼不能纏布花？她的問題很直接切入重點，有一部分原因是她長期的創作都是跟中國肢體有關，她有很清楚的認知觀點，能快速找出她要的素材。我有時候覺得東方的藝術是互通有無的，連接點通常是對最基本的認知找到共識。

有一次她帶了兩個美國朋友，一句中文都不會，年輕小倆口也是搞藝術的，到中國駐村時認識文那，一路從雲南玩回北京。女孩是加州長大的亞裔，全身皮膚曬得黝黑亮麗，也想要體驗武術，我要她週末一起過來練練，她週末出現，穿背心與熱褲，轉身一看，她背上、大腿、小腿刺青全是八卦圖，天干地支滿滿的一片，我以為她是什麼神教的教主，沒想到她說只是看著這些圖覺得很好看，就讓刺青師父給弄上去，文那說這女孩注定要練八卦掌的，然後她就纏著我教八卦。

我說我不會八卦掌，文那不信，她說我不是練那個什麼八極還是什麼的，那不就是八卦加太極嗎？我只好再跟她講解什麼是八極。結果她看了幾個動作說想畫八極架。

文那妹子再次開金口要畫畫，我們趕緊清空滿桌的糕點水果啤酒咖啡，鋪上上等生宣一捲，何娟跑去拿預備好中楷狼毫浸潤，明達恭敬地在青花小碟倒墨，我往中庭一站，等文那妹子一句「開始」，我就立刻懷抱嬰兒手托腮，頭頂青天腳踏黃泉，落胯拿樁等她畫。

文那畫畫真是快，八個呼吸還沒結束她就畫完了。又是一張妖怪臉的武術圖騰像，不過這次的妖怪俊俏多了，感謝她手下留情。不得不說她畫的力點精準到位，沒練過八極拳，但是畫出來就是八極味兒，我產生了一個念頭，想請她畫一套八極拳譜，文那爽朗地答應，我們說要找一個時間完成這件事。

在北京玩了一段時間後，文那有次若有其事地告訴我要吃一餐很重要的火鍋，叫我一定要去，說完發地址給我，我叫了滴滴馬上去，是一家海南椰子雞火鍋，難得看文那吃不辣的食物，餐桌上有好幾個她藝術圈的好朋友，包含那個滿身八卦圖的美國女孩。吃完那餐，文那就離開北京，而且消失在社交圈一段時間。

接下來一年的時間裡，我不再看到文那的訊息，三天兩頭開群的文那不見了，我不想做多餘的問候。事發有因，文那不是普通女子，她消失有她的理由，無須多問。反而是趙清有次聊天之中隱然透露出文那復原的狀況很好，我才知道文那原來是生病了，隱居起來治療。

二〇一九年，雲門舞集準備在北京演出《白水》與《微塵》，周章佞老師非常貼心地幫我留兩張票。我趁著這個機會打給文那，試探一下口風，問她要不要一起去觀賞，電話中聽到她興奮地說當然要去！要穿得漂漂亮亮去看演出！北京不見不散！

演出當天，文那下午就出現在夜奔北京的大門，我開門時看到她戴一頂異常大的帽子，包住整個頭部，我看到她很高興，立即擁抱，我感覺到她身子有些許不同，我們進屋吃橘子閒聊。她到了大廳後，把帽子摘掉，頭頂是剛剛長出來的濃密短髮，精明幹練，她笑笑地說換了髮型，好不好看？我說：「好看，原本是美，現在是又帥又美。」我說的時候是真心覺得好看，文那妹子聽了很開心，她笑了。

她說有一段時間沒有活動身體了，她沒忘記要跟我學絕世武功。院子沒人，我帶她去院子中間站樁，我告訴她之前說不會八卦是騙你的，我會一點點皮毛，但是這一點點皮毛可能最適合現在的你。

我帶她盤天地人三樁，我把腳底的祕密告訴她，她是真的有慧根，文那靈性高，聽到就懂，腳底動力鏈推動脊椎努力擰轉，肚臍產生變化之後，她開始有感，上中下一共只站了十五分鐘，嘴唇上方微微出汗後，進屋休息，我們喝點熱茶之後前往國家大劇院。我擔心她餓，路上給她準備了食物，但是她不吃，只喝了點水。

入座之後，等待布幕升起，演出準時開始，舞者緩慢移動腳步，背景音樂是 Eric Satie 的 Gymnopédie 旋律，當時不知道為什麼，聽到之後就有一種熟悉感，我的端莊被音樂侵蝕，情感崩盤，看著章佞老師的獨舞，眼中淚水忍不住嘩啦啦流出，停止不下來，第一次看演出看到淚流滿面，自己也不知道從何而來。文那坐我旁邊，非常認真地看演出。《白水》之後中場休息十五分鐘，文那匆忙跑廁所，趕在《微塵》之前回到座位。她捏著我的耳朵小聲跟我說：「你那個八卦樁太神奇啦！比中藥、推拿還管用，我剛剛跑廁所把積壓許久的餘毒都排出來了，太暢快啦！」——講完後她臉頰還是會鼓鼓地笑一笑，很可愛。

那天之後，文那逐漸恢復元氣，又重新開始帶各路朋友來夜奔北京玩，只是那次之後，她總要推銷一下八卦樁的好處，強迫他們每一個人陪她站十五分鐘的樁，而且告訴他們這個功法比任何整腸藥都有效，我的八卦樁變成減肥順腸良藥了。

朋友圈逐漸浮現文那的身影，她的創作也再次佔據微博版面，文那的復出就代表北京藝術圈的熱鬧又開始了，我看到陶身體的陶冶與段妮朋友圈出現文那的身影，我看到玩音樂的朋友圈也出現了文那的笑聲，一席的講者群裡更是經常看到文那頑皮的發言，她回來了。

張大春老師在北京鼓樓的時間博物館開有一場「見字如見故人來」書法展，開幕式很隆重，我跟大春老師說帶個神仙姊姊去，見面之後他一看是文那，說早就想跟她要張畫，他要在畫上題字。

這兩人都是筆墨不離身，說做就做。開幕式熱鬧非凡，大排長龍的讀者排隊要等大春老師簽名，他從容不迫地逗弄幾個小讀者之後，跟大家說要暫停一下，請大家先喝點茶，他有點事情要先處理。說完就讓文那跟他對坐，兩人鋪開生宣，一頭提筆寫詩，另外一頭開始勾勒畫畫。

文那再次展現畫畫賊快的超能力，大春老師一首七言絕句剛提完，文那的神仙構圖就已經完成。她畫畫從來不打草稿，不預先佈局，永遠從一個邊角開始畫，一路擴大完成全貌，我不懂繪畫，但很佩服她這種畫風能用這種畫法完成，每次看她畫畫，都有一種「筆下有神仙」的感悟。當天除了他們兩人之外，我也邀請了金剛狼張則浩，我跟他兩個粗魯的武夫在旁邊看著兩位筆墨名家各自展現功夫，很感嘆。張則浩一句：

處處是功夫啊！

又過了半年，文那越來越精神，也變回長髮仙女。她在二〇一九年帶了七個自稱很有名的建築設計師來夜奔北京玩，我認識的建築師不多，最熟悉的就是北大鬼才趙小雨，但他穿著打扮永遠像個農民工。

他們七位的穿著與氣質簡直是七劍下山，仙氣飄飄，走路自帶微風徐徐，全身都有閃光燈。他們一進來就開始品頭論足討論四合院的建築如何如何，夜奔北京的改造如何兼顧典雅與時尚，雕樑畫柱的講究如何如何。迷湯灌完之後就開始輪流吹噓各自的資歷，互相吹捧作品如何高端大氣上檔次又低調奢華有內涵，滿嘴跑火車，一路飆不停。我微笑看著文那，文那也微笑看著我，我會心一笑，知道她的無奈，盛名之下，牛鬼蛇神都來找她，我很榮幸夜奔北京是她的一個避難所。講到天黑，文那說肚子餓了，我帶他們到北鑼鼓巷一家印度小店，老闆是北印度人，搬到北京許多年，食物美味好吃。我跟文那坐角落，七大建築師輪流入座之後開始點餐，一開口就知道他們沒吃過印度料理，是那種開口閉口世界觀，低頭吃飯卻只懂小龍蝦的俗人。我二話不說，幫每個人點一份不一樣的印度料理。吃完之後大家拍拍肚皮準備出門，沒人提買單，我默默去結了帳。文那要付她那一份，我刻意大聲說了一句文那妹子你的晚餐肯定是我請客。其他幾位聽了毫無反應，悠哉悠哉地走出大門，繼續討論各自非凡的成就。

不久後，文那走了，跟趙清一起回到景德鎮三寶村畫畫，看她每天發照片，在古村老宅裡，有貓陪伴，紙筆為伍，睡醒就畫，吃飽就畫，不斷地畫畫才是文那該有的生活。

隔年疫情爆發，夜奔北京結束，我在台灣發訊息問候文那。她說世界再怎麼亂，她都會在三寶村繼續畫畫，畫門神，畫妖怪，畫雲裡的仙，畫霧裡的鬼。她沒忘記，我們還有一部拳譜要畫，她要一邊畫一邊學絕世武功，因為我答應了文那妹子要當她的師父的。

百米粒。

北京二環內只有兩個行政區，達官住西城，顯要住東城。東城從南到北最貫通的一條路就從東四街口開始，往北一路到雍和宮，出了雍和宮就離開了東城，按照北京老輩兒的說法，二環外根本不叫北京。東四街口往南叫東四南大街，往西叫東四西大街，往北延伸是東四北大街，往東比較特別，叫朝陽門內大街，準備銜接要進入東二環的朝陽門外大街，舊時代也算出了北京城。

往北的東四北大街東面有一條一條的胡同，由南到北分別是頭條、二條、三條……一直到十條。北京最早完工的地鐵二號線有一個站名叫東四十條站，外地人每次到北京，都以為這是東邊的第四十條胡同，尤其是外國人，手機翻譯就是「40th Hutong of the East」。其實是講東四的第十條胡同口的位置。

百米粒位於北京二環內的東四二條胡同，餐廳老闆是個湖南長沙的妹子，個頭矮小，看人有貓看鐽屎官的眼神，每個月都會改變一次髮型。她不是藝術家，以前搞過電影，喜好跟文藝圈的人交往，她的菜單像一本成人繪本，大大的頁面，顏色豐富好看，所有的文字交代都是繁體中文。淡淡經常前往台灣旅遊，吃喝玩樂，她是個手頭寬裕的年輕人，屬於北京城裡混得很開，也懂得生活的那一群人。她在餐桌上跟我說了好幾次她非常非常愛台灣，可想移民台灣了，要我快給她想個辦法。

第一次去百米粒是金重先生帶我去的，夜奔北京在東四南大街，金重先生的金屋是在東四北大街的東四六條胡同，餡老滿餃子鋪後面。百米粒剛好位於兩點的正中間。金重先生發現我不僅能吃大辣，而且好吃湘辣，比四川的麻辣更加喜愛。百米粒是正統湖南湘菜小炒，辣椒佐料都是老闆淡淡從長沙每日空運寄送到北京，親自調配，夠香夠辣，高壓大火的鑊氣全灌入肉片或豆乾的蛋白質深處，就連米飯也是用湖南的瓦碗楚米，一缽一缽的獨立水蒸，每碗飯裡必定有一小塊紅薯地瓜陪蒸氣，香氣不散。一口辣菜配一口香米飯，越咬越香，越嚼越辣，嚥下之後辣氣不散，鹹辣的口感一直保留在口腔中，久久不消失。

金重先生喜好在北京的秋天穿貼身皮夾克，緊身牛仔褲，搭配踢不爛的工人鞋。他身材高挑，外型有如片場的男演員。雖然是導演，但有時候給人感覺他要準備自導自演劇情片，只差女主角不知道了。我們走進去百米粒的時候，淡淡看到了喊一聲：「唷！

大導演來了，今天怎麼沒帶妹子帶個公的啊？」

我秋冬時穿著不講究，神經比較大條，外褂還沒從倉庫拿出來，就偷懶地穿一套又一套的萬年格子襯衫搭配練功服，而且我不到下雪不換厚鞋，我在北京的秋天還是喜歡穿步瀛齋的虎頭抓地靸鞋，別人凍腳我不凍，但是看起來就是個不倫不類的怪胎。

金重先生是個外冷內熱的悶騷鍋，他很容易一本正經的胡說八道，聽淡淡這麼一說，就開始胡天海地形容我，亂七八糟的頭銜給我灌了一圈之後，提到了夜奔北京。

「啊！我知道！吳耿禎住的那個院子！我一直想去看看！聽說很多台灣藝術家都在那！」淡淡搬了一把椅子跟我們坐一起。

「對啊，你也認識吳老師啊？」我回答。

「噗！吳老師！你叫小耿吳老師喔！哈哈，我跟他很熟啊！我好喜歡他的剪紙，我去台灣都有找他玩喔！」

淡淡很自然熟，我經營客棧，雖然不內向，但是遇到比我更聒噪的主人時就不知道該如何應對，哈拉兩句就悶頭吃飯。她試探性問我能不能吃真正的湖南辣菜？我說放馬過來，我不是不怕辣，也不是辣不怕，是怕不辣！

淡淡被我的話激怒了，回頭對她的至尊廚師用湖南話說一句：給來份咱們自己吃的辣度，別手軟啊老吳，客人開口了，怕不辣啊。

四菜一湯，分量不大，農家小炒肉、臘肉炒湘干、土匪豬肝、香芋燉排骨，還有一道米豆腐酸菜湯。淡淡招待一瓶荸薺荔枝水，湖南老家配方，說怕客人辣得不行了，救火用的。

我先吃了一口米飯墊底，咬開了澱粉之後的醣分解撲在舌頭根上，避免等下辣出眼淚。先夾了一口小炒肉的豬肉片，滿滿的油光，色香味都爆滿，只差放入口了。咬下去，味蕾爆炸了。我人生到此為止吃到最好吃的湘菜，沒有之一，就是唯一。

辣，真的辣，但是好吃，過癮，我忍著眼淚繼續吃。淡淡過一會兒來看我們，調侃地說：「怎麼樣？小店味道還可以嗎？會不會太清淡？要不要再來點米飯？我看你飯量挺大的？怎麼一口菜配半碗飯？」說著就露出她那個得意的微笑。

確實甘拜下風。我不知道什麼時候開始練就了一口適辣本領，多年來縱橫餐桌，沒有能讓我鬆口的辣菜，淡淡的百米粒是我唯一認可，好吃、好辣、好美味的湘菜。她的菜真的夠辣，我折服了，而且一試變常客。

高雄鶴宮寓的 Nato 與 Trista 是我的鄰居兼好友兼食友。他們在二〇一五年夜奔北京重新裝修的冬天前來協助，期間他們根據不知道哪裡來的情報，要把口袋名單吃一批。有一天他們去吃了所謂的宮廷菜系，要價不菲，一個人兩千人民幣，吃完之後很氣憤地回來告訴我，他們難吃程度可以放入另外一種口袋名單。我聽了告訴他們，這種餐廳本地人絕對不會去吃，走，晚上帶你們去吃一家我的口袋名單，我帶他們去百米粒見見世面。

他們倆的穿著與氣質跟我完全不一樣，一看就是台灣資深文青行頭。百米粒老闆淡淡的嗅覺靈敏，一眼就看出他們倆是她的族群，我們在一樓靠窗的位置坐下，北京的冬天非常寒冷，百米粒又是胡同裡的老平房改建的，暖氣設備與隔溫層都不是特別好，寒氣一陣一陣的溜進來，高雄來的客人很不習慣，但是他們很喜歡百米粒的裝潢與擺設，菜還沒來，他們兩位就已經發揮職業病開始研究空間的流動與光線的擺設。

「北京胡同裡的小餐廳」這件事對來自台灣的文青們本身就具備了殺傷力，但是真正的驚嘆還是來自於百米粒食物本身，鶴宮寓的兩位朋友在吃到第一口之後對我改觀，他們之前認為我是只會吃漢堡薯條 pizza 可樂或味精牛肉麵的等級，沒想到我的口袋餐廳如此驚豔，根本完勝厲家菜。沒錯，就是那個大名鼎鼎的厲家菜。

百米粒的殺手招牌菜之一是壓箱底的「臭鱖魚」。很多人以為臭鱖魚是湖南名菜，其實是發源於安徽宏村的農家菜，我第一次吃就是去安徽宏村看朋友吃到的，當時有一個玩世不恭的青旅老闆在宏村裡弄了一個老宅，而且距離《臥虎藏龍》的拍攝地點不遠，風景很好，但是他每天紙醉金迷，無心經營客棧，想找我入股或甚至直接解盤，幫我出了來回機票並且招待我去宏村小住數日。

我是在剛剛開春不久去的，安徽屬於華南的最北方，但是因為被劃分在南方，所以家家戶戶習慣性不安裝暖氣（這個奇怪的習俗我至今仍然不明白為什麼）。我在北京的冬天已經習慣在暖氣房裡，外面再冷，只要進到屋內就是暖手暖腳，但是在宏村那幾天，屋內比屋外還要寒冷，睡覺起來手腳與額頭都是冰涼冰涼的，中午吃飯必須得來碗熱湯熱茶，否則實在受不了。還好這位老闆在食物的挑選上很講究，我住得寒冷，但是吃得愉快。

安徽山水好，但是資源貧瘠，食物講究存放。豆腐放到自然發酵後長毛，比我們在台灣吃到的臭豆腐要濃烈得多，但是油炸之後可口無比。農村家家戶戶都有自己的大瓦缸，把湖裡捕獲的鱖魚用料浸泡後悶在密封的缸裡，上面壓著大石頭，放到發出濃濃的腐爛臭味之後再拿出來佐以豆瓣等配料料理，趁著熱氣上桌，整個屋子都充滿可怕的臭味，但是吃到嘴裡咬開之後會有輕微的貴族食材錯覺，食物可以既好吃又五味雜陳，口腔後面連結到鼻腔的接收器也不斷吸收又臭又香又複雜的氣味分子，感官很刺激，腦內會有出現隱約的幸福感。我最後謝絕了「夜奔宏村」的計畫，但是對於臭鱖魚念念不忘，沒想到在百米粒又吃到了，依然一吃變成每來必點的菜色。

雲門舞集有一年在北京國家大劇院演出，最後一場之後我邀請諸位舞者與老師們夜宵，我請淡淡幫忙，百米粒提早結束對外開放，等待大家蒞臨。如果我沒記錯，那次應該是演出《水月》，舞者們在台上演出的同時，身體要跟地上的冷水較勁兒，落幕時身體濕透了，雖然有暖氣，但畢竟在十月底的北京已經很冷了。曹復維先生也是當天早上從上海搭飛機專程看演出，聽到晚上的聚餐肯定不會放過機會，我們早早就到了餐廳等待。曹先生長期在上海、無錫等地工作，是資深台商，並且長期培養周圍的朋友去看演出。他看到我不帶眾舞者們吃北京烤鴨或涮羊肉，而是吃湖南小炒，略感驚訝。上菜後，大家一開始不敢動筷子，尤其是我特別點了兩份臭鱖魚，那種味道讓吃遍世界各地的舞者們都有點猶豫。周章佞老師率先吃了一口，咀嚼之後說味道很特別，大家可嚐嚐看。

我二〇一六年認識文那，那個把山海經畫滿牆的女孩，神鬼都可以控制，但是控制不了自己的嘴，我們認識當天就像老朋友，直接談晚上吃什麼。她是北京出生長大，但是媽媽祖籍在四川，所以從骨子裡也愛吃辣。她說她不喝酒不抽菸，但是吃飯不能沒有肉不能沒有辣，青菜能不吃就不吃。我們倆一同講到百米粒，原來她也是常客，說著說著也沒心思畫畫了，我們穿上外套就走到東四二條，叫上朋友一起享用，好不快活。有了百米粒當我們見面第一餐，我們打開了食慾摯友的路線，除了百米粒，我也帶她去吃過好幾次東四八條胡同內的悠航藍起司漢堡，那是我在北京吃過最好吃的牛肉漢堡，薯條是用啤酒浸泡過再炸，老闆是個加拿大哥們兒，在北京落腳多年，一開始是賣啤酒的，後來認真搞漢堡薯條。他還有一個好吃的祕訣就是醃小黃瓜條。他的小黃瓜條比我在美國吃過的任何一家漢堡店都好吃，後來發現他有個員工是河南鄉下來的大媽。這家漢堡店裡的客人經常有一半以上是外國人，但是河南大媽一句英文都不會，甚至普通話講得都不標準，但是她很殷切地端可樂送啤酒。有一次我跟大媽再要一份酸黃瓜，她咧嘴大笑問我好不好吃，我說是我吃過最好吃的酸黃瓜。大媽說這是她醃的，河南祕傳，當然好吃！說完給我拿老大一盤！

有次跟文那又去東四八條吃漢堡，在餐廳裡遇到淡淡還有金重先生。沒想到他們也好這家藍起司牛肉堡，大家桌上放滿了酸黃瓜條，但我沒看到河南大媽了。

二〇一七年是北京天翻地覆的一年，胡同開始被整，「拆牆打洞」整治行動開始，東四頭條到東四十條首當其衝，被視為示範地段，連夜拆除大批胡同內的餐廳、小商鋪等等。東四八條的悠航漢堡一夜之間消失了，剩下的是殘磚破瓦與一張告示：非法違建。

怎麼會說沒就沒了呢？心底估量著百米粒，可別被拆了。東四的拆除大隊從十條開始，一路往南，最後還是輪到二條的百米粒了。淡淡的建築也被定位為非商業用房，但是淡淡是個後台過硬的老闆，幾經交涉之後，同意拆除二樓一半，把一樓大門封起來，只留下一扇窗，餐廳繼續出菜，名義上就是自家人吃飯，城管拿錢睜一隻眼閉一隻眼。我們聽到之後持續捧場，沒有大門也沒關係，往來的客人都從那一扇窗爬進爬出，為了吃頓飯還可以攀岩走壁，像偷情的老王一樣翻窗戶進出，嘴裡罵著心裡笑著。

淡淡的餐廳被硬生生地縮短了座椅數量，本來就很容易客滿，現在更是經常沒座位。二〇一八年我變成外帶常客，淡淡堅決不跟任何外賣平台合作，只讓熟客電話訂購外帶，我就三天兩頭騎一台摩拜去拿百米粒的外賣，再呼朋喚友來夜奔北京吃百米粒，飯菜照樣香噴噴。

二〇一九年開始，百米粒成為非常少數沒有被移除的胡同餐廳，對於某些部門來說，可想而知是眼中釘。淡淡說他們被找麻煩的頻率越來越高，有一陣子她乾脆關店幾個月避風頭，她電話問我能不能安插幾個服務員來夜奔北京工作，我問她廚師能不能過來煮飯？她苦笑地說這一關不知道能不能挺過。

再次重新開業之後，我們這些老食客都很開心地去捧場。百米粒能繼續飄香不僅是我們味蕾的勝利，更是含有對某些體制的抗爭成功。淡淡再次提出多年前跟我說過的話：「我想去台灣開餐廳。」

二〇一九年底，北京衛生部門再次上門找麻煩，淡淡火了，心一狠，拍了桌子之後留下一句：「我操你媽的！」百米粒當天宣佈結束營業，最後一天把廚房所有的食材全部烹調出來，放滿了整個餐廳，酒櫃裡所有的酒都打開，微信通知百米粒食客們，來吃最後一餐，淡淡請客，要你們好好吃個夠！

那個晚上，我剛回到台灣，在機場看到她的訊息，心已經回到北京東四二條的小胡同裡，跟淡淡一起再吃一餐臭鱖魚、農家小炒肉，還有酸菜米豆腐湯。

聯合國深夜食堂。

汪老闆是台灣人，有明顯的眷村口音，二十六年前移居北京，在東四南大街的燈市口對街經營餐飲事業，為人低調，但餐廳的整體風格獨樹一幟，形成巨大反差。我經營夜奔北京期間，看過汪老闆的店做了四次裝修，每一次餐廳都增加一個名字，疊加在原本的名字上，在百度地圖上搜尋時，會在同一定位點看到許多不同的名字：「樂贊牛排」、「鼎泰珍」、「文昌海南雞」、「深夜食堂」、「廣州大排檔」……各種店名層出不窮。這些都是汪老闆陸陸續續添加在百度地圖上的名字，每隔幾年，他就會幫餐廳增加一個新的名字，但是舊的店名繼續使用，門口招牌也持續懸掛著，從來不撤掉，這麼多年下來，每次走過路過，實在很難錯過這家萬國聯邦。

汪老闆的菜單也是一絕，看似不大的街角餐廳，裡面別有洞天，從菜單的厚度就可以輕易發現餐廳的特別之處。二〇一九年，我最後一次去光顧這間店，服務員把菜單遞給我，那厚度簡直媲美一本電話簿。汪老闆最早嘗試做中式炒菜，接下來開始賣牛排，不久後添購新設備做窯烤 Pizza，中途回歸，出現台式三杯雞，於此之後，海鮮燒烤、潮汕滷味、泰式料理、義大利麵、南洋料理、粵式小炒、廣式燒臘，各式餐點，什麼都有，什麼都賣，什麼都不奇怪。二十多年來，他源源不絕地發想新菜色，每出現一道新餐點，就直接在菜單後面增訂新頁面，有一段時期甚至是手寫菜單，一路翻來，簡直像一部近代北京改革開放餐飲史課本。

汪老闆的店面位於東四南大街的「本司胡同」與「內務部胡同」之間，餐廳在二〇一三年時的門面非常小，前往二樓餐廳的通道入口僅一扇門寬，入口兩側都出租給服裝店，經入口走到底，爬上樓梯後是巨大無比的空間，柳暗花明又一村，令人嘆為觀止。二〇一四年後，汪老闆把其中一家服裝店收回來，擴大自己的門面。有了新空間，他先是把隔間拆除，但令人拍案叫絕的是，他保留了服裝店大部分的裝潢，包含燈光、牆體與地板，並且直接添購新餐桌。這樣的擺設使得一樓的客座有一種很奇妙的壓迫感。接下來幾年，這個空間經歷了租出去，收回來，再租出去，再收回來，每一次都保留了前一間經營者裝潢後能用的部分。我在二〇一九年去用餐的時候，偷偷數了一下天花板，大概有四組不同路線的燈飾：吊燈、日光燈、聚光燈、水晶燈，這些全部通通都有，輪流使用。

二〇一六年春天剛認識汪老闆時，那一年夜奔北京決定打掉重練，我們告別了五年的青年旅館模式，改裝成精品旅館。精打細算加上詳細的設計，在短短的四十三天內，就完成了別人需要花費六十天以上的改裝。裝修期間，除了委派何娟一人獨挑大樑，看守夜奔平遙，其餘人員全部在北京協助監工，確保工期只能提前，不能延後。那段時間尹阿姨每天都來做飯，但是廚房一週後也拆掉了，巧婦難為無米之炊，我們只能想個替代方案，就是這個時期，我們不知不覺每天中餐晚餐固定前往汪老闆的餐廳，每餐都是一群人，坐在餐廳內吃飽之後，討論了工地進度再回去。當時明達說這家餐廳的名字太複雜了，菜單更是千變萬化，乾脆就叫「聯合國餐廳」。明達是個冷面笑匠，他每次坐下來都一個人 murmur 地唸了每一道菜單的品名，有一次他看到一道菜叫「印尼日式廣州炒飯」，噗哧一聲笑出來，一個人詭異地嘻嘻嘻笑個不停，我問他怎麼回事，他不說，後來把菜單拿出來給我們看，說了一句英語：make up your mind！

我們一群人的午餐大概如下：泰式冬陰功海鮮湯、西班牙燴飯、燒鴨叉燒飯、法式烤蝸牛、蒜蓉麵包、廣州河粉、台灣牛肉麵、炸薯條、牛排、宮保雞丁，我再配一杯黑松沙士。

他們的菜單就是如此變化多端，樸實無華但又令人不知從何說起。

經過這段時間的用餐，每天準時上門，這一群像一家人又不像一家人的怪群體，還抱一隻小黑狗，終於讓汪老闆注意到我們。他有一次親自過來點菜，聽出我的台灣鄉音，試探性地聊一下後發現我們是老鄉，差點眼淚汪汪。他很驚訝地知道原來我們就在他的隔壁胡同深處經營了五年客棧，更是倍感親切。從此之後到汪老闆餐廳用餐都有招待，即便只是免費贈送的，菜色依然變化多端，五花八門、眼花撩亂，充滿了驚奇效應。

餐飲界的大佬們都有兩把刷子，餐飲業的老闆接觸的人群比客棧更廣，三教九流都可能是座上賓，汪老闆能聊，也願意聊，夜奔北京裝修的日子裡，在他的陪伴下度過了單調寂寞的寒冬。在聊天的過程裡，汪老闆話語間透露自己在年少時曾加入幫派，雖然不曾明說，但是根據述說的內容，應該也混到了一定的地位。江湖的過往讓還是少年的他提早熟透，我只能猜測，在那個精彩的年代，汪老闆應該留下了一些輝煌戰績，因此不得不隻身獨自離開台灣，前往美國發展。汪老闆在美國各個城市之間穿梭，經營不同類型的中式餐廳，其中不乏人煙稀少的鄉鎮，聽到這裡，就知道為什麼他的餐廳菜單如此多元。

我在美國讀書時曾到科羅拉多州看朋友，那裡可不像美國的東岸或西岸，充滿著各國美食與人種，人們過著非常單一的生活。我在那邊住了一段時間，有一次跟朋友去吃所謂的「中國餐廳」，是一個美籍菲律賓裔開設的，餐廳提供炒麵（Chow Mian）、越南河粉（Pho）、壽司（Sushi）、柳橙雞丁（Orange Chicken）等等標誌性的亞洲菜色。炒麵吃起來像義大利麵，越南河粉吃起來像牛肉羅宋湯，壽司是肉比飯多很多的加州捲，更不要提只有美國才有的柳橙雞丁，完全就是白人食物。我當時嘆為觀止，但是當地的朋友說這家是很有名的亞洲餐館，他們都很喜歡。

汪老闆的餐廳應該就是混合了他在美國跑路時學會的基因組合。

一九九五年汪老闆在因緣際會下到了北京，當時他覺得北京地價便宜，一口氣買下東四街角這塊地開餐廳，他說那個年頭東四牌樓往南在短短幾年內搭上了改革開放的氣息，街上滿滿是ＫＴＶ等娛樂場所，幾乎都兼做情色交易，汪老闆見怪不怪，三兩下打通黑白兩道。他說東四曾經風靡一時，夜夜笙歌，有時候半夜有一群警察與一群ＫＴＶ老闆們一起坐在汪老闆的餐廳用餐，他左手鞏固警察公安局長，右手籠絡各路江湖酋長。

後來北京整頓治安，也是一夜之間清除一切。東四在短時間內徹底恢復成居民的胡同，小販滿條街的榮景。汪老闆屹立不搖，依然在同一個地點繼續經營他的複合式餐飲，一朝回到解放前，重新建立起周邊尋常百姓家的鄰里關係，引領胡同餐飲的風潮。

根據汪老闆的回憶，大量ＫＴＶ搬走之後，東四短暫回到安靜的老北京胡同，但這樣的情景沒有堅持多久，就掀起了下一波熱潮：課後補習班如雨後春筍般遍佈東四南大街，包圍了汪老闆的餐廳。東城一直是北京的重點學區，有錢有勢的家庭拚命讓孩子擠到東城的「紅」學區，從史家胡同裡的史家小學開始，大部分的明星學校都隱藏在東四胡同區內，九〇後的孩子趕上了風靡港澳台與日韓的課後補習文化，學生放學後的晚飯時間被一間間的明星補習班霸佔，於此，汪老闆又成功轉型為學生食堂，提供沒時間回家吃飯的年輕學子一個能快速補充能量的地方。

從《流星花園》開始，台劇在北京掀起熱潮，帶動了居民對台灣小吃與飲料的好奇。汪老闆就在那個時候開始販售各式台灣特色飲料：蘋果西打、維大力、津津蘆筍汁、伯朗咖啡、黑松沙士等等只有台灣才有的汽水飲料，消息傳出之後，充滿獵奇心理的北京人陸續會到餐廳購買。黑松沙士曾經一度成為中國網民票選宇宙最難喝的飲料第二名，也許有大量的東城區居民參與投票。後來我開始跟汪老闆進貨黑松沙士，放在夜奔北京的冰箱，寫上「Taiwan Root Beer」，這項產品在歐美住客中大受好評。

每個月會來夜奔北京一次的人權律師Abe，他從小在台灣讀美國學校，成長的過程經常喝黑松沙士，後來回美國攻讀法律，離開台灣後就再也沒有看過黑松沙士，他第一次入住夜奔北京時，剛好看到我們冰箱裡有賣黑松沙士，高興地一口氣喝了三罐。之後Abe在訂房時常常會詢問我們是否還有黑松沙士，以確保他在入住時能喝到黑松沙士。

根據我的觀察，汪老闆的台灣汽水並沒有熱銷，但是他沒有受到影響，持續擴大他餐廳的副業，除了汽水，還出現了各種台式零食，從乖乖到蝦味先，陸續上架。一個個原本用來裝衣服庫存的鐵架被搬到入口處擺放餅乾零嘴，促使這家原本已經很難一語概括的複合式餐飲變得更加複雜多元，到底是餐廳？小吃店？異國料理？還是進口超市呢？恐怕汪老闆自己都不知道。

汪老闆有一段時間籌備開設一家超市，據說在朝陽的新社區。那段時間去用餐時很少遇到他，都是他手下的一名大將在主持大局，也是這位大將告訴我汪老闆準備另起爐灶，進軍零售業。不過後來草草結束，我也一直沒親自問過汪老闆這段經歷。

汪老闆自從加了我的微信之後，逢年過節一定會發消息，問候彼此的經營狀況，他為人客氣，從不以台商前輩自居，問候口吻真誠熱情，常常讓我無地自容。夜奔北京創業初期，有些早幾年到北京打拚的台灣前輩，事業沒有做多大，但是經常倚老賣老地誇口自己資歷有多深，工作與人脈有多熟門熟路，可以提供我們一些經驗與指導，試圖從這些指導中找到自己的價值，相比之下，聯合國餐廳的汪老闆顯得格外親切。

平心而論，雖然我跟汪老闆都在東四經營事業，我卻一直沒有辦法推薦太多住客去汪老闆的餐廳消費，畢竟入住夜奔北京的客人大多數都是外來者，希望在短短的幾天內品嚐北京道地美食，無論是北京烤鴨或涮羊肉都是優先目標，而我也只能順著客人的需求給予推薦食物。

二〇二〇年爆發的疫情，促使北京關了一大批旅館與餐館，我們在這一波影響中結束營業，但是汪老闆熬過去了，看到他的微信朋友圈宣告即將重新開始營運，利用封城期間再次重新整頓內部裝潢，閉門深思，創造新菜單，並預告會推出新菜色。

無論汪老闆那本厚厚的菜單上添加什麼新的菜色，我都不會再感到訝異，反而是他門口的那面招牌，我非常好奇在「鼎泰珍燒鵝廣州大排檔深夜食堂牛排比薩壽司拉麵」一的巨大醒目招牌之下，還會再出現什麼新的名字？會有什麼新的氣象？

衷心感激汪老闆多年的照顧，希望他的聯合國餐廳持續發光發熱，照亮東四南大街，溫暖胡同裡每個居民的胃。

王磊咖啡。

人生三十之前，我幾乎不喝咖啡。印象最強烈的是在每週四早上跟雲門同事一起上山前，藍天計畫的等車日，當時會在一所偏鄉的 7-11 門口等待各自的來車，清早起床，人手一杯研磨咖啡，我有時候會買一杯湊熱鬧，喝一半倒一半，我討厭酸嘴的感覺。他們說喝咖啡可以提神，我只感覺喝咖啡半夜會睡不著。

三十歲那一年，創辦夜奔北京，四月底準備開幕，籌備期間預先註冊了訂房網站，開幕需要五張執照，只剩下最後的消防許可還沒有檢查，理論上是不能開業，沒想到突然來了第一筆訂單，是一個中年英國大叔。大叔說到就到，他是下飛機之後預訂的房間，我們當時只放了幾張圖片，沒有任何介紹，沒想到竟然真的有訂單，只能硬著頭皮讓他入住。好死不死，消防局當天大批人馬來盤查，隊長是個十足痞味兒的北京老炮兒，三分小平頭，流裡流氣地走路，一看就不好應付，闖進門來就問負責人是誰，也不懂出來接待領導。

秀才遇到兵，我們私底下跟英國客人溝通，請放空與跳跳兩位帶他出門逛一下，避免被看到我們已經開始營運。先生很客氣，撐著倫敦小雨傘就有說有笑地出胡同溜達。問他有沒有想去的地方，他說剛下飛機，想喝杯咖啡。

二〇一〇年的北京還沒流行咖啡，東四附近也沒有咖啡廳，我靈機一動，請跳跳陪他走到東四南大街口，有間麥當勞，買一杯咖啡請他喝，我趕緊跑回去處理貪官。大隊長東挑西選，要了幾杯可樂，看我們實在沒什麼可以挑剔的，最後就說滅火器的位置要重新擺放，緊急狀況比較好拿，反正就是雞蛋裡挑幾根骨頭，不然不好下結論。最後走之前我請託好的中間人帶他去小房間把該有的「禮貌」遞上，大隊長才掛上微笑走出門，還不忘記提醒一句：「冬天冷，小心暖氣設備，別走火了，我們也是為你好，才會來走動走動。」

官員撤退，百姓自理，英國遊客剛好回來，前腳走後腳進的節奏，捏了一把冷汗。

英國先生很客氣，說謝謝你的咖啡，他第一次覺得麥當勞的咖啡也可以是「Ecstatic」。我知道那種牛都不喝的摻水咖啡有多無趣，只能說英國人靈魂底層有一種紳士魂。

我當下有感，下週消防執照就會寄來，我們可以正式開業了，我需要一台真正的咖啡機。

北京奧運之後，三里屯北小區儼然變成了外國人聚散地，各種道地的異國美食都能在那裡找到，綠葉子超市就是小歐洲，各種歐美食材零食都有，就是找不到一台好的咖啡機。百般波折之後，竟然在東四北大街的東四一條胡同找到了一家小店，非常小的空間，夾雜在兩個大四合院中間，批發各種咖啡豆，看店的老闆叫王磊，北京男子，厚框眼鏡，開口講話有宋冬野的感覺，是個咖啡發燒友，講到咖啡跟講到他老娘一樣激動。

王磊聽了我的需求，知道接下來會有大批外國背包客進入東四區域，對真正的好咖啡需求量會激增，他激動不已，講話帶喘，興奮地把他的店員兼小女朋友驅逐到門外，只留我跟他兩人在他的小店裡，他神祕兮兮地說他賣咖啡機多年，但是一直沒遇到識貨的，所以都賣西皮東骨的機器，簡單說就是進口的二手機器加上中國產的壓縮研磨器。按照王磊的說法，北京那些附庸風雅的紅二代富二代根本喝不出差別，所以賣得不差，但是在他眼裡，真正懂咖啡的人不能辜負，他一看我就是一個懂咖啡的人。

說著，他就到倉庫裡搬出一台號稱從義大利原裝進口的咖啡機，從未開封，他抱出來的樣子簡直像一個年輕氣盛的新郎抱著自己的新娘要進洞房的氣勢，既愛惜又心疼，萬般不捨地交到我手上，他眼角泛淚，嫁女兒的表情跟我說：「我把她交給你了，一定要好好照顧她，如果有一天你不喜歡她了，不要她了，你把她搬回來，我會接納她。」

我就這樣莫名其妙地「迎娶」了一台號稱全東四唯一的正統義大利咖啡機回家，王磊也不忘提醒我，好機器一定要配好咖啡豆，整個北京就王磊的咖啡豆最好。

王磊是我在遇到咪咕管峰之前唯一認識的咖啡人，所以也就把咖啡的項目都交給他協助了。正式營運初期，只要咖啡豆不夠，我就打給他，幾分鐘後就會看到王磊騎著一台軍綠色的越野機車出現在胡同口，捧著好幾包咖啡豆進來。他最喜歡在早上送貨，只要看到外國人在喝咖啡，就會湊上前去，問我他們是哪個國家的，一天能喝幾杯咖啡？有一次遇到一群義大利背包客，早中晚固定來買咖啡，每次都按兩次 espresso，仰頭一口乾。王磊見到了簡直像親人見面，高興地多送一包咖啡豆，要我請他們喝。義大利人也天生熱情，抱著他又跳又親的，一人又是一杯 espresso 下肚。

我被王磊洗腦，開始喝咖啡。

客棧的生活模式是早上六點上班，晚上十二點下班，雖然有不同人員輪班，但是我還是會習慣早上起床，久了養成習慣。早起第一件事情是掃院子的落葉，北京的清晨永遠帶有一種淒涼感，無論什麼季節都一樣。掃完院子就會拿出王磊咖啡豆，倒進那台義大利咖啡機，開始研磨。

高壓蒸氣一壓縮，咖啡的香氣充滿了大廳，聞著很受用。我非常享受早上嗅到咖啡的那一瞬間，有一種儀式般的訊號，告訴我很快就要啟動這一天。確實有許多旅客告訴我他們很讚嘆我們的咖啡，沒想到在老北京能喝到這麼好品質的咖啡。我喝不出好壞，但是王磊咖啡確實香，按照他的說法，是運輸的過程費了功夫才能維持香氣。後來問他咖啡原產地是哪裡，他神祕兮兮地說一般人都是賣雜豆，但賣給我的是雲南一個好朋友自己種的。

金重先生是我這一輩子遇過喝咖啡最凶的人。他喜歡濃郁的黑咖啡，不加糖不加奶不加水，早上三杯，中午三杯，睡前三杯，臨睡覺前有時候會再壓一杯放床頭。我問過他喝這麼多不會睡不著嗎？他說你有機會觀察一下，電影圈子的人有兩大癖好，抽菸與喝酒，尤其是導演，工作起來菸是一根接著一根，大煙囪似的。他用咖啡掐住自己的癮，中咖啡毒就能解菸酒，所以他是非常少數的不菸不酒的導演。

貌似有理。

後來又聽他說，喝咖啡可以潤腸，對保持身材有幫助。當然，這句話不是對我說的，是對著每天來找他聊天的迷妹們說的。金重先生四處拍片，紅粉知己眾多，夜奔北京有時候就是他的小型粉絲見面會，金重先生總是穿一身黑，濃密的頭髮配上高挑的身材，在迷妹們面前優雅知性地端著王磊咖啡，聞一口，啜一口，表情酷酷地看著眾卿，真是風華一片。

有一次羅諄在忙碌的早餐時段，雙手端著好幾個盤子時，突然走過來跟我說：我發現你很喜歡在煮咖啡時播放馬友友的〈Libertango〉這首曲子耶。他告訴我之前，我從來沒注意過這件事，或許是偶然，也或許是我下意識真的有這個行為。但是他講了之後，我就真的在每天早上客人滿滿的時候特意播放這段，配上濃郁的咖啡香，醒腦也醒神。

夜奔北京結束之後，我也就結束喝咖啡的生活了。但我還是會偶爾在早上播放〈Libertango〉，這個時候，就會想聞一聞濃郁的咖啡香氣。

但還真沒再聞過王磊咖啡豆那種濃郁的香愁了。

城東寡婦。

北京從東四西大街往東騎車到底，跨越王府井大街，路牌會自動變成五四大街，俗稱美術館區，沿街有一溜兒的裱框店，有些只訂做畫框、書法裱字等工藝，有些則兼賣繪畫與書法用品、石膏人像、毛澤東打車存錢筒之類的莫名產品，什麼都有。大冷的冬天陽光下會有很多文藝青年在此遊蕩，穿皮襖配圍巾來回踱步，不知道在尋覓什麼。

第一次需要裱框是二〇一二年冬天，有一位加拿大女子用一幅畫換了一個晚上的住宿費。她是動畫師，旅行途中愛畫畫，包裡有水彩盒，喜歡抽水煙。有一次喝了三罐啤酒，坐在夜奔北京西南角，畫下院落。橫條水彩，有景深，有卷軸，有黑墨也有紅綠。她胖胖的，笑咪咪地說這是她難得畫出有東方禪意的一張圖，大概也是一位活在當下的可愛人。她走了之後，我拿著那張圖，騎上鐵馬去找裱框店。隨機選擇了一家，相較其他店家，沒有琳瑯滿目的花邊框，也不販售零雜物品。僅有一名少婦獨自看店，懷裡抱娃，襁褓是鄉下人常用的花布纏繞肩頸。少婦腰桿筆直，講話咬字俐落，問我想怎麼裱，我說簡單即可，請店家選擇。她讓我三天後取，留下粉紅收據一張。三天後，拿到深褐色木框，穩重大方，背面綁有紅繩，可掛牆面也可立於桌面。

四年後，張大春老師留字贈夜奔，豪邁大作品，氣勢凌厲，刀刀見肉的字，伴隨酒氣妖嬈，瀟灑之間自帶優雅，磅礡震撼。夜奔北京是正統老北京四合院，我卻從來不懸掛任何字畫，原因是一直沒能配得上的字。大春老師一落筆，我就知道，我們要開啟新章節。

我把大春老師的字小心翼翼捲好放入畫筒，再次騎車前往五四大街。好幾年沒走動了，依然找到同樣的店家。仍舊是少婦看店，孩子已經大了，是個小男孩，坐在店角矮桌前畫畫，我進屋後搓手取暖，摘掉帽子之後有鼻涕流出，男孩順手拿起桌上的面紙遞給我，讓我擦鼻涕。小孩子的舉動很早熟，看得出來成長過程有些辛苦。

少婦不記得我了，我把背上的畫筒擰開，拿出大春老師的字。鋪開在桌上，少婦順手協助，四角擺上紙鎮，鳳眼觀賞了一會兒後，依然吐出清脆口音：想怎麼裱？

我還是請她推薦，她問我這字誰寫的？很有氣勢啊。我說是一位老師。她接著問要掛哪裡？我說就放客廳吧。少婦回答：「得勒得勒，我看著給您裱，您放心吧，包您滿意，一週後來取。」

留下訂金，取走粉紅色收據，一如當年，我安心離開，一週後滿意取件。

隔年開春，大春老師再次蒞臨，他看到牆上掛了他的字，開心舉杯，直呼想喝想寫！我從山西老亓那裡掏來的清朝木櫃，裡頭放了滿滿的生宣，趕緊拿出來。酒意上頭，老師的筆就停不下來，一個晚上又是滿滿的精彩。夜奔成員都被我強迫寫過幾年字，但大家都是中規中矩寫楷書，這次能親眼目睹字體的變化，刺激滿分。大春老師整個晚上除了寫字，也講故事。其中一則故事敘述古代山西有一名鄉野書生，為了考取功名，徒步北京。每一次都名落孫山，但是他不放棄，從年輕考到老，並且詳細記錄了每次沿途的路況、氣候、民情，乃至哪裡有好吃好喝的，哪裡有大廟小堂可以借住，哪裡有強盜猛獸要避開，甚至有記錄一段某某地方「城東有寡婦一位」這類曖昧至極的內容，簡直是古代的一本背包客指南。故事本來的重點是這本書流傳到後世造成的影響，但是「城東寡婦」引起了大家的興趣，徐家偉當時笑咪咪地說記住了這個橋段。

幾天之後，我們開始整理書房，大春老師留下大量作品。我選了幾張準備掛在各個客房，徐家偉自告奮勇想要去裱框，我告訴他去找哪一家，並且形容店家的樣貌給他聽，告訴他那一排只有一家是少婦看店，獨自帶一個孩子那家，別家都是夫妻店，沒想到徐家偉一聽之後立刻說出：那不就是城東寡婦嗎!?

我當時一聽，莞爾一笑，我從來沒問過人家是否守寡，怎麼這樣開玩笑？

家偉早就等不及，踏上單車就火速前往五四大街。下午回來後，他說根據對話內容與種種跡象，可以判斷他的猜測沒錯，這間店只有一個女主人帶孩子，肯定守寡。家偉說為了業務方便，他直接加了對方微信，聯絡取件。

爾後，張大春老師的字、吳耿禎的剪紙、文那的畫、趙清的圖，都是找她裱框，每次都是徐家偉自告奮勇前往。

一年後，徐家偉決定離開北京，到日本打工換宿。我又拿到幾張大春老師的小楷家書，一年多沒親自上陣，我打包了作品之後就去五四大街，還是同一家小店，街上秋風徐徐，撲面刺寒。

家偉口中的城東寡婦，依然獨自一人看店，我掀起門簾，她立刻認出我，張口就問：徐公子還在北京嗎？

啤酒羊肉串。

東四南大街禮士胡同西口，在二〇一七年之前有好幾家街口餐廳。所謂的街口餐廳，就是胡同居民把房子局部改造之後，出租給外地來開餐廳的經營者。這些外地人多半是內陸省分的打工子弟，在北京存了點錢之後積極開餐廳賺點生活費，過年回家時可以告知鄉親父老自己在北京已經是個體戶、小老闆，墮落成資本主義階級了。

經營最久的是一家新疆羊肉串，整家店都是新疆維吾爾族人，門口一張大大的伊斯蘭教匾額，真主的文字提醒外食勿入。生意從年頭忙到年尾，除了幾個廚師與收錢的娘娘之外，跑堂端菜外送的小弟經常換人，更換的頻率老高，有次我去吃蔥爆羊肉燴麵，跑來一個點菜的新疆小弟，我敢發誓他絕對沒成年，幾乎可以說是介於小學或國中生的年紀，我問了一下老闆這孩子多大了？他笑笑地說親戚孩子，剛滿十八，在老家吃得不好所以看起來年紀小，特別送來北京長見識。

這家店的必殺絕招就是烤羊肉串，在北京胡同裡遇到新疆人開的新疆菜館，羊肉串必須好吃，這道理跟涮羊肉鍋的麻醬燒餅一樣，必須好吃，幾乎可以說是愛的真理一樣。

羊肉串一元一串，口口肥大美味，一口咬下伴隨著孜然羊油的鮮肉咀嚼在嘴裡，爆香。青島啤酒在王府井的餐廳最少一罐賣十元，這裡只賣四元，我知道批發價錢介於二．三到二．五元一罐，所以他們真的是拚量存活。夏天半夜十二點之後，這家店門口常常擺滿了小酌凳椅，一群胡同老炮兒睡不著覺，就光著上身吃羊肉串喝啤酒，鬧騰到半夜。

吃羊肉串喝啤酒是老北京夜裡的春光，市井小民與文藝大導演經常比鄰而坐，工地上的搬磚師父與開著超跑名車的暴發戶土豪經常一起席地而坐，吆喝著再來十串，啤酒兩瓶，越冰越好！

午夜之後，喝酒開始划拳，北京土法就是玩「你是，我是，牛逼，傻逼」。玩法簡單，邏輯直逼剪刀石頭布，兩人對喊四個選項之一，如果碰到組合，譬如「你是＋傻逼」那就是對方喝，如果是「我是＋牛逼」那還是對方喝，如果碰到平手就繼續划。這種玩法一開始不外就是互相喝個幾輪，喝到後來勁頭上來了，聲音也大了，「你是／我是」就變小聲了，「牛逼／傻逼」就大聲了。

通常，喝到最後，酒精衝腦，邏輯線崩盤，半夜三更就會聽到胡同口的羊肉串餐廳門口，有兩人拿著啤酒，睜大血紅的眼睛，互相對喊：「傻逼！傻逼！傻逼！傻逼！傻逼！傻逼！」等待對方說一句：「我是！」

傻逼聲破嗓雲天，總有人這個時候從大雜院裡提個紅花大尿壺出來經過，看了一眼，雙眼一瞪，喊聲「傻逼」為止。

後記

復盤推演。

我很小的時候下過圍棋，幾乎是在剛剛開始懂事的時候啟蒙。但棋力平庸，沒有任何進展。當時只覺得棋盤上的世界被黑白區分，雖然規則簡單，努力圈地即可，但事態總是發展超出意外，計算活眼之時總是被計算，不久就放棄了。

後來接觸象棋，驚嘆原來車馬炮之間可以如此有趣。長大之後回想，再次感到自己的平庸。

但總是兒時記憶，對黑白子有些童趣的留念，喜歡摸黑白子多於將士相。

進入武術的世界之後，奇怪總有機會遇到職業棋手。對於他們，我當然是個「完全不懂棋」的人。我沒打過譜，心中沒棋局，腦力無法盲下，更不要說復盤了。如果職業棋士的戰鬥力在一萬以上，那我應該介於零與一之間。

但是復盤這個概念總是令我神往。我一直覺得復盤的前提是擁有異於常人的記憶力，除了要有過目不忘之能，更要有無比清晰的思路，否則復盤也只是背誦詩詞，而不是吟唱詩歌。

在夜奔北京時遇到過一位來自台北古亭的圍棋老師，他年輕時也是職業棋手，在客棧時看到我們書架上的《大日壇城》，翻閱之後特別喜愛，我就把書送他帶回台灣。臨走前一晚我們在桌上聊起圍棋，我忍不住問他復盤之事。據他告知，其實並不是每一個職業棋士都有過人的記憶力，但是棋盤上的世界不是一般人的認知，對於下棋的人，棋裡有自己的一片天地。對於每次下完之後的完整復盤，經常只是一場「理所當然應該這麼走」的重複演練。每一子下完，曾經下過的下一步就會「理所當然」的出現在腦海中，一來一往兩人自然而然完成復盤。

「復盤不是記憶力大考驗，更多的時候是一場厮殺之後，兩人安靜平和的對話。」

不再年少的我，聽了之後三度感嘆自己平庸至極，難怪幼兒時期無法堅持下棋。圍棋的世界，我永遠只能遠觀而無法近身。

夜奔北京決定結束十年生涯之時，聯經出版公司的陳逸華先生立刻一通電話打來：該寫了吧？

我怎麼寫？該如何開始？雖然心情平靜，但仍然處於一個剛剛結束一段十年戀期的心情，不知從何而起。

打開電腦，看著螢幕，一字字開始敲擊。

原來復盤就是這麼一回事，他們每個人都回來了。

夜奔：胡同裡的神祕客棧，超越門派的武術大觀園

2024年5月初版　　定價：新臺幣350元

著者	黃鴻璽
校對	陳佩伶
整體設計	吳郁嫻
副總編輯	陳逸華
總編輯	涂豐恩
總經理	陳芝宇
社長	羅國俊
發行人	林載爵

出版者	聯經出版事業股份有限公司
地址	新北市汐止區大同路一段369號1樓
叢書編輯電話	(02)86925588轉5305
台北聯經書房	台北市新生南路三段94號
電話	(02)23620308
印刷者	文聯彩色製版有限公司
總經銷	聯合發行股份有限公司
發行所	新北市新店區寶橋路235巷6弄6號2樓
電話	(02)29178022

行政院新聞局出版事業登記證局版臺業字第0130號

本書如有缺頁，破損，倒裝請寄回台北聯經書房更換。　ISBN 978-957-08-7336-8 (平裝)
聯經網址：www.linkingbooks.com.tw
電子信箱：linking@udngroup.com

國家圖書館出版品預行編目資料

夜奔：胡同裡的神祕客棧，超越門派的武術大觀園
/黃鴻璽著．初版．新北市．聯經．2024年5月．284面．
14.8×21公分
ISBN 978-957-08-7336-8（平裝）

863.55　　113004474